BLOOD BLOCKADE BATTLEFRONT

血界戦線
(혈계전선)

-ONLY · A · PAPER MOON-

나이토 야스히로 원작 · 일러스트
아키타 요시노부 지음
정대식 옮김

학산문화사

CHARACTER FILE:1
TOP SECRET

크라우스 V. 라인헤르츠
Klaus V Reinherz

비밀결사 라이브라의 리더. 거구에 위압감
있는 존재지만 행동은 조용하고 신사적이
다. 블렌그리드 혈투술의 고수.

CHARACTER FILE:2
TOP SECRET

재프 렌프로
Zapp Renfro

은발에 갈색 피부를 가진 활달한 양아치.
후배는 잘 챙겨준다. 발화하는 혈액을 칼날
형태로 만드는 검술 두류혈법을 구사한다.

CHARACTER FILE:3
TOP SECRET

레오나르도 워치
Leonardo Watch

평범한 소년이었으나 어떤 사건을 통해 여
동생의 시력과 맞바꿔 「신들의 의안」을 얻
게 되었다. 전투력은 낮다.

CHARACTER FILE:4
TOP SECRET

체인 스메라기
Chain Sumeragi

투명 늑대인간. 모습을 감추고 고속으로 이
동할 수 있다. 주로 첩보, 수색, 추격 임무
를 맡는다.

CHARACTER FILE:6
TOP SECRET

스티븐 A. 스타페이즈
Steven A Starphase

눈가에 흉터가 있는, 정장을 차려입은 사내.
크라우스의 부관 같은 존재. 모든 것을 얼
리는 킥, 에스메랄다식 활동도를 구사한다.

CHARACTER FILE:7
TOP SECRET

K. K
K・K

장신의 레이디. 격투 능력이 탁월하며 전격
을 두른 중화기를 이용한 혈탄 격투기로 괴
물들을 섬멸한다.

CHARACTER FILE:8
TOP SECRET

제드 오브라이언
Zed O'Brien

예의바르고 말씨도 공손한 반어인. 재프의
사제로 두류혈법 시나토베의 정통 후계자.
강제로 라이브라의 일원이 됐다.

CHARACTER FILE:X
SPECIAL SECRET

정보봉쇄

발레리 바마
Valerie Bama

███의 존재로 인해 ███████저 재프와
레오의 앞에 나타난 소녀. 그녀의 말 한마
디가 이번 사건의 시작이 되었다.

음속 원숭이
Sonic Speed Monkey

과거에 뉴욕이라 불리던 도시는

불과 하룻밤 만에 소실되었다─

하룻밤 만에 구축된
안개의 도시 「헬사렘즈 로트」

공상 속의 산물로만 그려졌던 「이세계」와 현실을 잇고 있는 도시.
그 전모는 아직 인류의 지혜가 미치지 못하는 저편에 있어
안개 속 심연을 들여다볼 수는 없다.
인간은 일으키지 못하는 기적을 실현하는 이 장소는
향후 천 년 동안 세계의 패권을 좌지우지할 장소라고도 불리며
온갖 의도를 가진 자들이 활개를 치는 도시가 되었다.
그런 세계의 균형을 유지하기 위해 암약하는 조직이 있었다.

그 이름은 「비밀결사 라이브라」.

소년 레오는 우연한 계기로 라이브라의 일원이 되는데….

paper moon

—1900년대 미국에서 기념촬영용으로 유행했던 달이 그려진 배경. 사람들은 가족과 연인, 소중한 친구와 보내는 시간을 이 달과 함께 기록했다. 환상, 가짜 등의 뉘앙스도 있다.

ONLY A PAPER MOON

BLOOD BLOCKADE BATTLEFRONT

CONTENTS

1 — But it wouldn't be make believe,

"**엥**바레루분베샤! 키페로코피코소시! 시코메소시! 시코메소시!"

"아 예, 그렇고말고요."

레오나르도 워치는 바 카운터에 나란히 앉아 고래고래 소리를 질러 대는 이형(異形)의 무언가가 한 말에 조용히 동의했다.

손에 든 잔에는 이미 얼음밖에 남아 있지 않았지만 딱히 추가 주문을 할 생각은 없었다. 애초에 조금 전까지 마셨던 것도 술이 아닌 탄산수였다.

술을 마실 것도 아니면서 왜 바에 있는가 하면 동료에게 끌려왔기 때문이었다. 레오의 직장은 밤과 낮의 구분이 없는 데다 업무 시간부터 업무 내용에 이르기까지 그야말로 부정기, 불안정, 부조리의 집합체라 할 수 있었다. 직장 내 교우관계는 있다고도 볼 수 있고 없다고도 볼 수 있었지만, 가끔은 이렇게 어울려 다니기도 했다.

뭐, 레오는 이러한 시간이 썩 싫지는 않았다.

피곤한 탓도 있을지 모르지만 밤낮없이 떠들썩한 이 도시에서도 바의 분위기는 의외로 정상적이라서 조용히 한숨을 돌릴 수 있었다. 옆자리에 앉은 사람이 죽어라 떠들어 대고 있기는 했지만. 침을 튀겨 대고 마구잡이로 팔을 휘둘러 머리카락을 잡아당겨 대기도 했지만. 싸구려 술로 병나발을 불며 올리브 냄새가 풀풀 나는 트림을 연발해 대기는 했지만.

낮에 바쁘게 일한 탓에 잠기운이 솔솔 밀려들었다. 마치 누군가가 머리카락을 다정하게 쓰다듬어 줄 때처럼 솔솔. 동료 쪽은 아주 신이 나서는 술판을 벌이자마자 지갑을 통째로 카운터에 집어던지며 오늘은 집에 안 들어가겠다는 선언을 했더랬다. 그리고 그로부터 12분 후에는 술에 절어 해독이 불가능한 언어밖에 내뱉지 않게 되었다.

"시코메소시! 으하하하하! 시코메… 시코메소시!"

뭐, 옆자리에 앉은 자가 그 동료였지만.

"시코메소시에 이상할 정도로 집착하는군요, 저의 사형(師兄)은."

옆자리에 앉은 또 한 명의 동료가 중얼거리는 소리가 들렸다.

레오는 역시나 동의했다.

"그러게요."

하지만 동료 쪽은 납득이 안 간다는 투로 물었다.

"그런데 시코메소시라는 게, 대체 무슨 뜻입니까?"

"글쎄요."

레오가 서슴없이 그렇게 대답하자,

동료는 거듭 질문을 날렸다.

"…모르시는 겁니까?"

"네."

"그럼 어째서 동의하신 거죠?"

"반론하는 것보다는 낫겠다 싶어서요."

동료는 그 판단에 관해 잠시 생각하더니 달리 방도가 없구나 싶었는지 일단은 그냥 납득하기로 한 모양이었다. 레오는 슬그머니 그의 안색을 살폈다. 괴짜밖에 없는 직장에는 감정을 짐작하기 어려운 사람들이 제법 많았지만, 최근에 들어온 이 인물은 그중에서도 상당히 고난이도라 할 수 있었다.

좌우에 자리한 동료들을 번갈아 보고 있자니.

이 두 사람은 닮았다고도, 물과 기름 같다고 말하기도 애매하다는 생각이 들었다. 뭐, 그것이 양립하는 일도 아주 없지는 않았지만. 알기 쉬운 차이점과 알기 어려운 차이점, 척 봐도 알 수 있는 차이점과 언뜻 봐서는 모를 차이점이 각각 골고루 있었다.

알기 쉬운 쪽부터 나열하자면. 우선 한쪽은 술이 떡이 되어 반쯤 엉덩이를 깐 채 얼굴에 있는 모든 구멍에서 이상한 액체를 흘리며 바닥과 의자와 카운터 위를 배회하고 있다는 점은 그렇

ONLY A PAPER MOON
BLOOD BLOCKADE BATTLEFRONT

다 치고, 일단은 인류라 할 수 있었다. 나머지 한쪽은 달랐다.

한쪽은 이지적. 나머지 한쪽은 아니었다. 한쪽은 (레오가 봤을 때) 직장 선배. 나머지 한쪽은 아니다. 한쪽은 영 세상물정을 모른다고 해야 하나? 어쨌든 나머지 한쪽은 그렇지 않았다.

그리고 알기 쉬운 공통점은. 재프 렌프로와 제드 오브라이언. 이 둘은 두류혈법이라는 특수한 전투술의 달인이라는 것이다.

비밀결사 라이브라의 전투원이자 파국의 가장자리 어딘가에 토대를 둔 헬사렘즈 로트에서 세계의 원형을 유지하고자 힘쓰고 있는 구성원…이었다.

이 투쟁에 가담한 대부분의 자들은 어떠한 입장에 서건 자기 자신을 온전히 유지할 수가 없다. 물리적인 모습에도 해당되는 이야기이기는 하나, 여기서는 3년이라는 세월 동안 인류가 뼈저리게 경험한 변혁에 따른 마음과 인지의 변화를 말한다.

레오는 그중 한 명이었다. 이 도시에 오게 된 이유, 경위에 관해서는— 굳이 오늘 밤에 말하지 않도록 하겠다.

확실한 것은, 레오는 3년 전까지 자신의 세계가 이형의 위협, 마술, 깊은 어둠과 이토록 밀접하게 얽혀 있는 줄은 꿈에도 몰랐다는 점이다. 어떤 사건으로 인해 '보는' 힘을 손에 넣은 레오는 그 부조리함과 대치하기 위해 마의 경계에 발을 들여놓았다.

헬사렘즈 로트가 생겨난 날. 인류는 뼈저리게 깨달았다. 붕괴된 것은 영토뿐만이 아니며, 안심하고 있던 마음의 일부마저 소실되었음을. 우주의 모습을 이해했다고 생각했던 것은 너무도 성급한 일이었음을.

두 동료는 달랐다. 라이브라에 소속된 대부분의 구성원과 마찬가지로 그들은 아주 오래 전부터 인류가 이성이라는 이름의 덮개로 억눌러 왔던 인지의 경계, 그 건너편의 존재를 알고 있었다.

제드로 말하자면, 과거의 레오가 그의 존재에 관한 이야기를 들었어도 그는 믿지 않았으리라.

그의 겉모습을 가장 간결하게 설명하자면, '인간형 수생 생물'이 될 것이다. 창백한 피부. 아가미 호흡을 하기 때문에 육상에서 활동하기 위해서는 목에 장착된 호흡기가 필요했다. 커다란 어안(魚眼)에는 눈꺼풀이 없는 데다, 타고난 냉정함 탓에 무표정하게 보였지만, 당사자는 딱히 점잔을 떨 생각이 없다고 한다.

제드도 칵테일을 주문하기는 했지만 난해한 생각 쪽이 앞선 탓인지 아직 손을 대지 않았다. 그는 바닥에서 몸을 뒤틀고 있는 사형을, 퍼즐 문제라도 푸는 듯한 눈빛으로 내려다보며 입을 열었다.

"시코메소시… 오늘 처리한 안건과 관련이 있는 건가? 아니면 암호…?"

"그럴리가요."

레오는 솔직하게 답했다.

하지만 제드는 더더욱 깊은 고민에 빠진 듯 보였다.

"혹시 저를 시험하고 있는 것은…."

"아닐 걸요."

"하지만 그렇다면 이게 말이 되는 일입니까?"

제드치고는 애매한 말을 하기에 레오는 되물었다.

"네?"

"이렇게나 무의미하고 무가치하고 무참한 추태를 보이다니. 아마도 사형은 혈류를 조작해서 일부러 최악의 만취 상태에 빠져든 걸 겁니다. 그 상태로 술법을 유지할 수 있는 제어력은 경탄스럽습니다만, 자칫 잘못하면 뇌가 손상될 수도 있는 행위죠. 고작 찰나적인 쾌감이나 얻자고 그렇게까지 하는 게 말이나 되는 일입니까?"

"……."

레오가 침묵을 지키자 제드가 그를 쿡 찔렀다.

"레오 씨?"

"네? 아, 죄송해요. 뭐가 이상하다는 건지 잘 이해가 안 돼서."

"아니, 그렇게 어리석은 자가 어디 있겠냐고요."

"뭐가 이상하다는 건지 모르겠는데요."

"…그런가요."

"케포몬기라운샤라하~! 카하하하! 콧조! 기웃조오!"

시코메소시 붐은 어느샌가 끝나 버렸는지 재프는 벽에 몸통 박치기를 하기 시작했다. 벽이 걱정되기는 했지만 도시의 난폭한 자들이 모여드는 바는 몹시 튼튼하게 지어져 있었다. 피가 튀어도 닦으면 금방 지워지게끔, 무려 맨 콘크리트로 되어 있었다.

조금 조용해졌기에 레오는 탄산수를 한 잔 더 주문했다. 바텐더는 말없이 고개를 끄덕이더니 잔을 가져갔다.

레오는 빈 컵의 받침을 쓰다듬으며 말을 이었다.

"제드 씨는 재프 씨의 사제이긴 해도 만난 건 요전이 처음이었죠?"

"네."

"저는 재프 씨와 그럭저럭 알고 지냈지만, 사실 아는 건 그렇게 많지 않거든요."

잔이 돌아왔다. 레오는 투명한 물에 기포가 떠오르는 것을 눈으로 좇았다.

"그러다 깨달은 건, 뭐라고 해야 할까. 그다지 알 필요가 없는 사람이라는 거예요. 왜, 물처럼요."

ONLY A PAPER MOON
BLOOD BLOCKADE BATTLEFRONT

"물… 말씀이신가요?"

"이 물에 얼음이 들었죠? 가만히 보고 있으면 얼음이 물 속에서 녹는 게 보이는데. 그것도 금방 변해서 결국에는 그냥 물이 되어 버리니까— 아, 말로 표현이 잘 안 되네. 죄송해요."

한 모금을 마시고 한숨을 푹 쉬었다.

"진짜든 가짜든 상관없어… 뭐 그런 가사의 노래가 있었던 것 같은데. 딱 이렇게 옛날 분위기 나는."

그렇게 말하며 가게 안에 흐르는 느긋한 재즈 음악을 망연히 가리켰다.

"있을 것 같군요."

제드는 알아들었다는 듯 고개를 끄덕이고는,

"하지만 솔직히 말하자면 물로 예를 들었던 게 훨씬 피부에 와 닿는군요."

수생 생물다운 소리를 했다.

레오는 훗, 하고 웃으며 비유하기를 그만두었다.

"으음, 재프 씨 덕분에 목숨 건진 적이 한두 번이 아니기는 하지만. 이 도시에서는 그런 일이 밥 먹듯이 일어나잖아요?"

"그렇죠."

"일반적으로는 죽을 때까지 고마워해도 모자랄 판이지만, 어째서인지 감사 인사를 할 마음이 하나도 안 드는 건 의외로 고

마운 일일지도 모르겠네요."

"그렇군요. 혹시 사형은 부담을 느끼지 않도록 일부러—"

"그럴리가요."

"그런가요."

제드가 살짝 어깨를 축 늘어뜨렸을 즈음.

벽에 머리를 갖다 박기를 반복하던 재프가 뻗었다. 바닥에 쓰러지기 무섭게 큰소리로 코를 골기 시작하는 바람에 바가 평온함을 되찾았다고는 할 수 없었지만.

"하나라도 없을까요. 우리 두류의 명예가 살아 있음을 느낄 수 있을 만한… 그….."

"아. 너무 상심하지 마세요."

레오는 약간 떨리고 있는 제드의 어깨를 다독여 주었다.

"명예로운지 어쩐지는 모르겠지만. 재프 씨를 무진장 좋은 사람이라고 했던 사람도 있었어요."

"호오?"

"아니… 있었다는 표현이 맞긴 한 건가? 지금 어딘가에 있는 건 분명한 것 같지만. 10년 후의 일이니….."

"?"

이상한 소리를 하며 고민하기 시작하자 제드가 의아한 눈빛을 보내왔다. 눈에 눈꺼풀이 없음에도 노골적으로 티가 나도

ONLY A PAPER MOON
BLOOD BLOCKADE BATTLEFRONT

록.

레오는 애써 어깨를 으쓱하며 입을 열었다.

"아차. 그 일은 차차 설명하도록 할게요. 살짝 복잡한 이야기다 보니…"

어려운 문제는 복잡한 방법으로 풀어나가는 수밖에 없다.

당분간 일어날 기미가 없는 재프의 얼굴을 흘끔 쳐다보며 과거를 되짚어 보았다.

이 남자를 사랑했던 소녀에 관한 이야기는 세상의 부조리를 몇 개인가 밟아 넘은 곳에 자리한 영역에서 시작되었다.

우선은— 한 달 정도 전. 어느 구름 낀 날 오후부터.

◆

하늘은 언제나 무거웠다.

깊은 '공허'로도, 그리고 바깥세상으로도 평등하게 폐쇄된 이 헬사렘즈 로트에는 어딜 보아도 정처 없는 어둠이 도사리고 있었다. 구름이 개어도 안개가 섞여 있어, 어쩐지 거미줄처럼 대기를 얽매고 있는 듯 보였다.

레오가 이변을 예감한 것은 재프가 이런 말을 내뱉은 순간부터였다.

ONLY A PAPER MOON
BLOOD BLOCKADE BATTLEFRONT

"잠깐 어디 좀 들러도 되냐?"

평소 같았으면 일일이 양해를 구하지도 않았을 텐데. 재프는 제멋대로 모습을 감춰 개인적인 볼일을 마쳤을 것이다. 하지만 그날은 달랐다. 그것이 첫 번째 기묘한 일이었다.

더욱 이상한 것은 재프에게 예정을 변경해야만 할 정도로 중요한 일은 거의 없다는 점이었다. 그날 오후, 레오와 재프는 조직이 내린 임무를 수행하기로 했다. 시간적인 여유가 아주 없지는 않았던지라 레오는 그리 깊이 생각하지 않고 "그러세요." 하고 대답했다.

재프의 볼일이 장례식에 참석하는 것임을 알고 나니 역시 오늘은 뭔가가 다른 것 같다는 생각이 더욱 짙어졌다.

신규 우드론 묘지는 뉴욕 붕괴 후에 설립된 새로운 묘지 중 하나였다.

변화와 혼돈의 도시, 헬사렘즈 로트에서 사람들이 바란 것은 죽은 자를 애도하기 위한 변함없는 성지였다.

언제 어느 순간에 땅속으로 꺼지거나 안개 속으로 사라질지 모르는 땅이 널리고 널린 도시였지만 변화에는 기복이 있었다. 아무런 보장도 없기는 했으나 위치와 위상이 그다지 변하지 않는 지점이 있기는 했던 것이다.

그중 하나에 묘지가 조성되었다. 본래는 랜들스 아일랜드의 산책길이었던 것으로 추정되는 이 땅은 변화 첫 날에 위치가 뒤바뀐 이후, 안정을 유지하고 있었다. 아무개 교회의 사제가 이곳을 묘지로 삼자고 제안하자마자 관과 묘비가 쇄도했다. 글자 그대로 신도 두려워하지 않는 이 헬사렘즈 로트에서 종파며 양식을 고집하는 자는 이제 희귀종이라 할 수 있었다. 그렇건만 '장례식' 자체는 아직 수요가 있었다.

정해진 방법은 없었다. 죽음은 몹시 가까운 곳까지 다가와 있었고 무시무시하게도 다양한 모양새를 띠고 있기까지 했다. 절대적이라 여겨졌던 것들 중 대부분이 영문 모를 것으로 변화했다. 그럼에도 사람들은, 애도하는 일만은 그만두지 않았다.

'그러니 뭐, 재프 씨한테도… 있겠지.'

당연한 일이었다.

재프는 연신 머리를 벅벅 긁어대며 묘지 주변을 얼씬거렸다. 영 갈피를 못 잡기에 "어딘지 몰라요?" 하고 레오가 묻자 "아니."라고 짧게 대답했다. 대화하기도 귀찮다는 투로.

그 뒤로는 잠자코 따라갔다.

재프가 담배 네 개비를 다 피웠을 즈음이 돼서야 사람들이 모여 있는 것이 보였다. 하지만 사람들 수가 그리 많지는 않았다. 검은 옷을 차려입은 여자 셋뿐이었다. 조금 떨어진 곳에서 쉬고 있는 남자들은 묘를 파는 인부와 관지기이리라. 아담한 장례식이었다.

여자들이 입은 옷은 상복이라고 하기에는 다소 노출이 많았고 화장도 요란했다. 거리가 있어도 레오의 시력은 일반인보다 많은 정보를 얻고 말았다. 그녀들의 핸드백은 업무용이었고 도시락을 준비한 것으로 보아 이대로 출근할 모양이었다. 늦은 오후인 지금 시간대에 일을 하러 나설 직종은 한정되어 있었다.

그녀들은 슬픔에 젖어 있기는 했어도 눈이 퉁퉁 붓도록 울지는 않았다. 얼굴과 화장이 망가지지 않도록 의도적으로 참고 있는 것으로는 보이지 않았다. 아마도 몸에 밴 직업의식 때문이리라. 자신만의 규칙인 셈이다. 무슨 일이 있어도 그 핑계로 하룻밤 벌이를 날리는 일이 있어서는 안 된다. 생활이란 그런 것이니.

재프가 그 장소에 다가가려 하지 않는 것은 눈치 채이고 싶지 않기 때문이리라. 이미 관도 땅에 묻어 장례식은 거의 끝난 상태였다. 1분. 어쩌면 그보다 조금 더 지났을 즈음. 재프는 대뜸 "그만 됐어."라고 말했다.

레오는 끝으로 묘비에 새겨진 이름을 쳐다보았다. 애슐리 바마.

용건은 그로써 끝났다. 그대로 잊고 일상으로 돌아갈 일만… 남았을 터였다.

레오도 재프도 소녀가 근처에 서 있었다는 사실을 몰랐다. 자리를 뜨고자 몸을 돌리고 나서야 소녀의 모습을 발견했다.

수수한 생김새이기는 했으나 예쁜 얼굴과 기품은 소녀가 좋은 집안에서 자랐음을 말해 주고 있었다. 반대로 사내아이처럼 움직이기 쉬운 복장은 단단히 벼르고 익숙지 않은 외출에 나선 아이의 그것처럼 보이기도 했다.

열 살 남짓 될까. 어린애 특유의 맹랑함이 감도는 입가에는 미소가 드리워져 있었다. 그 입술이 열리는가 싶더니 이런 말을 쏟아냈다.

"그래서, 누가 내 아빠야?"

"……."

말문이 막혀 재프를 쳐다보니.

재프는 진지하기 이를 데 없는 얼굴로 단호히 레오를 가리켰다.

'기가 막히네.'

무심결에 감탄하고 말았다. 어떠한 불의의 공격이 날아들어도 망설임 없이 살아남기 위한 전사의 재능이 여과 없이 발휘되었다.

소녀는 맹하니 눈을 껌벅였다. 의외였던 모양이다.

"당신이 재프 렌프로야? 생각했던 거랑 좀 다른데…."

ONLY A PAPER MOON
BLOOD BLOCKADE BATTLEFRONT

"에, 그럼."

레오는 다시 한번 재프를 쳐다보았다.

재프의 손가락은 여전히, 꿈쩍도 않고 레오를 가리키고 있었다. 심지어 나머지 한쪽 손으로 엄지까지 치켜들어 보였다.

'결정적으로 불리한 상황에서도 뜻을 굽히지 않다니…!'

항의할 엄두조차 나지 않았다.

당황한 채 소녀에게로 다시 고개를 돌려 보니 그녀는 어깨를 으쓱하며 덧붙여 말했다.

"엄마 장례식에 온 거지? 왜 이런 데 있어?"

"억. 네가 애슐리의—"

엉겁결에 입을 뚫고 나온 것이리라. 재프는 말을 하다 말고 헛기침을 해서 얼버무리려 했다.

하지만 소녀는 한마디도 빠짐없이 다 들었는지 재프를 보고 씩 웃어 보였다.

"역시 이쪽이었네."

"아, 아니아니. 잠깐 기다려 봐."

재프는 파닥파닥 손을 내저어 그녀의 말을 가로막았다.

"애슐리한테 딸이 있었다니… 근데, 너 몇 살인데?"

"열 살."

"이것 봐. 10년 전에는 애슐리를 알지도 못했어. 게다가 나한테 너처럼 커다란 애가 있을 리가 없잖아. 안 그래?"

재프가 동의를 구하자.

레오는 난감한 질문에 고뇌에 빠졌다.

"으~음…."

소녀. 열 살. 플러스 열 달 전? 재프 씨. 아직 알지도 못했던 상대와. 가능한 일일까. 하지만 재프 씨잖아. 아빠. 숨겨 둔 자식. 가능한가 불가능한가. 긍정해야 하나 말아야 하나.

"죄송해요. 두 시간 정도만 더 생각하게 해 주세요."

"너 이 자식 그따위로 나온다 이거지? 여보세요~ 안 계신가요~? 요 안에 든 뇌에 의리라는 녀석은 안 사세요~?"

재프가 레오의 머리를 툭툭 두드리기 시작하자.

"나 참."

소녀는 허리에 손을 얹은 채 어이없다는 듯 말했다.

"지금은 막 태어난 상태야. 엄마가 죽었을 때 태어났으니까."

"…응?"

몹시 당연하다는 듯이 말했지만 무슨 소리인지 알아들을 수가 없었다.

그녀는 당당하게 말을 이었다.

"다시 말해서, 나는 10년 후 미래에서 왔어. 아빠를 만나러."

"10년…."

ONLY A PAPER MOON
BLOOD BLOCKADE BATTLEFRONT

이번에는 정말로 말문이 막혔다.

레오는 재프와 서로 마주 보았다.

재프의 반응은….

때는 지금이라는 듯 얼굴을 구기더니 혼신의 힘을 담아 한숨을 내쉼과 동시에 말을 토해 냈다.

"하."

그러고는 두 손을 든 채 걸음을 떼었다.

"괜히 쫄았네. 뻥도 정도껏 쳐야지— 웃기지도 않아서."

"어째서?! 뭔데, 그 반응은?"

소녀는 상처 받은 듯 소리쳤지만 재프는 상대하지 않고 계속 걸어갔다.

"시간만 버렸네. 야, 빨리 가자."

"그래. 아빠 집 어디야? 남는 침대 있어?"

"너 말고!"

그녀가 타박타박 따라가자 버럭 고함을 쳤다.

소녀는 전혀 동요하지 않았지만.

"으음~"

레오는 그녀에게 말을 하려다, 뭐라 말을 해야 할지 감이 오지 않아 머뭇거렸다. 냉큼 쫓아내기에는 그녀의 말이 신경 쓰이기도 했지만, 그에 앞서 그들은 중요한 임무를 수행하러 가는 도중이었다. 심지어 조금 늦은 상태다. 안전하다고 하기에는 어려운 임무였다.

그렇다고 그것을 솔직하게 말할 수는 없는 노릇이다. 라이브라의 기밀을 조금이라도 알게 되면, 이 소녀에게도 위기가 닥쳐올 테니.

우선 레오는 매우 애매하게 말을 이었다.

"있잖아. 우리는 살짝 급한 일이 있거든. 그래서 넌 못 데려가."

"아아, 비밀결사 일 말이지? 라이브라라고 했던가? 아빠 직장."

"풉."

소녀는 당황한 재프가 이런저런 것들을 뿜어 내리라는 것을 미리 알고 있었던 듯이 몸을 삭 피했다.

"......."

그녀는 새삼 자신을 뚫어지게 쳐다보는 레오와 재프를 향해 태연히 말했다.

"보나마나 잠옷도 없겠지? 칫솔 남는 건 있어?"

결국 이 소녀를 내버려 두고 갈 수는 없게 되고 말았다.

이름은 발레리 바마.

"이름은 뭐, 자기 이름에 만족하는 사람은 별로 없을 테니 별

ONLY A PAPER MOON
BLOOD BLOCKADE BATTLEFRONT

수 없지. 하지만 아빠가 지은 거라면 불평 한두 마디쯤은 하고 싶어."

열 살.

"맞아. 10년 후에 열 살. 지금은 영 살이지. 세상 사람들이 레이디라고 할지 어린애라고 할지는 잘 모르겠지만, 적어도 이젠 브로콜리를 보고 울지는 않아. 다 지나간 옛날 일이지."

발레리가 재프의 딸이라는 증거는… 딱히 없다.

"필요해?"

"이~보~셔~"

그다지 길지 않은 사정청취를 하는 동안 담배 세 개비를 태우고.

니코틴에 절은 떨떠름한 얼굴을 옆에서 불쑥 들이밀더니, 재프는 초조한 기색으로 발을 동동 구르기 시작했다. 그러면서 다 피운 세 번째 담배꽁초를 발로 밟아 껐다.

"결말 말하려면 아직 멀었냐? 돈이냐? 돈 내놓으라 이거냐?"

"얘기 시작한지 아직 5분도 안 지났어요."

레오는 뚱한 눈으로 중얼거렸다.

묘지라는 곳은 다른 사람들에게 들려주고 싶지 않은 이야기를 하기에는 썩 괜찮은 곳이었다.

다만 애슐리의 이름이 나올 것이 분명한 이야기가 아직 남아 있는 장례식 참석자의 귀에 들어가지는 않을까 싶어 공동묘지 안에서 제법 먼 곳까지 이동했다. 도중에도 간단한 질문을 하기는 했지만 지금까지 제대로 문답이 이루어진 것은 좀 전의 대화 정도뿐이었다.

재프는 손목시계를 탁탁 두드리며 더더욱 얼굴을 들이밀며 말했다.

"5분은 뭐~ 시간 아니냐? 늦으면 어쩔 거냐고. 오늘 타깃은 1급 테러 조언자라고. 이번에 놓치면 또 은폐 지뢰 땜에 수백 명은 날아가고 난 뒤에야 포착될 지도 모른다고~"

"그건 그렇지만요."

애초에 재프 씨가 여기 들르자고 했잖아요.

말해 봐야 부질없는 일이기도 하고 지금은 어쩐 일로 재프의 말이 정론이기도 했다.

"으~음…."

난데없이 하늘에서 뚝 떨어진 난제 앞에서 레오는 끙끙대며 발레리 쪽으로 고개를 돌렸다.

"큰일이네. 발레리, 있잖아."

"미스 바마라고 불러. 레이디의 아버지 앞에서 그러면 실례란 것도 몰라?"

후반 부분은 소곤소곤 목소리를 죽여서 중얼거렸다.

"…………."

상당히 긴 시간 동안 침묵한 끝에 레오는 말을 고쳤다. 그 침묵의 시간은 마음속으로 '인내'라는 단어를 생각해 내기 위한 것이었다.

"그래. 미스 바마. 우리는 급한 볼일이 있는데…."

"그래?"

발레리는 순간적으로 납득한 눈치를 보이더니 퍼뜩 눈살을 찌푸리며 말했다.

"10년 후 미래에서 온 딸을 내버려 둘 정도로 급한 일이야?"

비난의 대상은 재프였지만 그가 귓등으로도 들은 척을 안 하자 화살이 레오 쪽으로 돌아왔다.

"그게, 바로 그 점이 문제거든. 위험한 일이라 너는 어디 안전한 곳에서 기다려 줬으면 하는데…."

"앗."

그녀는 갑자기 허리를 꼿꼿이 펴더니 레오의 이야기를 가로막았다.

그리고 몇 번인가 재빨리 눈을 깜박이더니, 중얼거렸다.

"'스포일러 타임' 미래 예고 가능 영역… 있잖아, 5분 전에, 세 블록 앞에서 아빠네가 찾아낼 예정이었던 남자 말인데─"

묘지 입구 쪽을 가리키며 말을 이었다.

"거기서 붙잡지 못할 경우, 여기로 오게 되어 있어."

"……."

레오와 재프는 동시에 그쪽을 쳐다보았다.

—자. 거듭 말하지만.

불과 3년밖에 되지 않았다.

이 세계는 변화의 시기를 맞이했다.

하지만 3년 전 이 세계와 그 이후의 세계는 다르지 않다.

격절이 존재한다. 그저 그뿐이다.

레오가 본 것은 검은 옷차림의 남자였다.

겉모습은… 평범함과는 거리가 있었다. 드럼통만한 몸집에 가느다란 팔다리.

그 전체를 펠트(felt) 같은 천으로 된 검은 코트로 뒤덮고 옷깃을 세운 채 모자를 쓰고 있어, 실루엣은 장난감 같았다. 기괴한 차림새이기는 했지만 인간이었다.

"재프 씨…."

말을 붙이자 재프는 즉시 대답했다.

"정말 있다 이거지?"

질문을 해 온다는 것은, 그에게는 보이지 않는다는 뜻이리라.

ONLY A PAPER MOON
BLOOD BLOCKADE BATTLEFRONT

파괴범죄 고문(顧問)을 자칭하는 기드로 에카시부도이(이게 무수히 많은 가명 중 가장 본명에 가까운 것이라는 모양이다)는 통칭, 걸어 다니는 양동이라 불렸다.

술법 자체의 위력이 탁월한 것치고는 독특하고 복잡해서, 독학으로 마술을 익힌 마술사라는 이야기도 아주 허풍은 아닌 듯했다. 그는 풀기 어려운 저주를 만들어 상대를 가리지 않고 팔아넘겨 이익을 얻고 있었다.

과거 수십 년 동안 세상에 모습을 드러내지 않은 채 마술범죄, 폭파사건, 전쟁범죄에 가담해 왔다. 그리고 최근 들어 헬사렘즈 로트로 활동장소를 옮긴 모양이었다.

이 도시에는 굳이 그와 같은 마술사에게 거금을 치르지 않고도 겪을 수 있는 마도(魔道)가 차고 넘쳤다. 따라서 장사를 하러 이곳에 왔다기보다는 배움을 위해 온 것이리라. 하지만 술법을 적당히, 차례차례 만들어서는 실험이라는 명목으로 길목에 뿌려두는 바람에 범행의 성격은 오히려 더 고약해졌다. 돈의 흐름을 통해 꼬리를 잡기도 어려워졌다. 이번에 이 남자의 꼬리를 잡은 것은 순전히 조직의 끈기와 행운 덕분이었다.

이 남자에게 들키지 않기 위한 최소한의 전력—요컨대 재프와 레오, 두 사람만으로 맞선다는 선택은 도박이나 다름없었지만 달리 선택지가 없었다고 바꾸어 말할 수도 있었다. 기드로의 마도를 간파할 수 있는 레오의 눈과 녀석의 공격을 피하고 대응할 수 있는 재프의 기술로 맞서자는 취지였다.

기드로는 딱히 경계하는 기색을 보이지 않고 묘지를 거닐었다. 레오와 재프, 그리고 발레리의 존재를 알아챈 낌새는 없었다.

슥…. 실이라도 자아내듯 은밀하게. 재프는 성질 더럽고 게을러빠진 인간쓰레기의 얼굴에서 전사의 표정으로 전환했다.

레오는 늘 그러한 자연스러움은 자신에게 없다고 생각했다. 그리고— 인정하고 싶지는 않지만 재프라는 남자를 믿고 목숨과 영혼을 맡기고는 했다.

인정하기는 싫어도 어째서인지 한 가지는 단언할 수 있었다. 그 신뢰를 배반당하는 일은 없을 것이라고.

"내 시야를 녀석이 있는 곳으로 유도해. …할 수 있겠냐?"

재프가 속삭이자 레프는 대답했다.

"해 볼게요."

인류는 소박하게도 이렇게 생각했다.

세계에는 아직 신비가 있으며, 인간의 지혜가 미치지 못하는 영역이 있다고.

언젠가는 인간이 지식을 축적해 그것을 망라하는 날이 올지도 모르지만 지금으로서는 아직 먼 미래의 일이며, 어쩌면 영원히 답파하지 못할 미궁일지도 모른다고.

재프가 꺼낸 무기는 손바닥 안에 들어갈 크기의 금속.

다소 특수해 보이는 형상의 라이터였다.

그는 그것을 손에 쥔 채 손가락에 힘을 실었다.

그 특이한 무기의 날카로운 날이 피부에 파고들었다.

손가락 사이에서, 주먹 틈새에서 피가 흘러내렸다.

그 핏방울이 한 줄기 흐름을 이루어 땅바닥에 닿기 직전.

고드름이 얼 듯 멈췄다.

매끈하고도 날카로운.

따뜻하면서도 은은히 달콤한 빛을 내뿜는.

28구(區), 28구(句)로 이루어진 두류(斗流).

가로로 길게 뻗은 붉은 실. 송곳처럼 날카로운 살육인(殺戮刃). 두류혈법 카구츠치, 인신의 6 홍천돌(紅天突).

움켜쥐어, 내지르자 — 허공의 소용돌이를 가르며, 칼날이 내달렸다.

하지만.

어느 평범한 날, 아무런 맥락도 없이.

그 요원하다 여겼던 영토가 이렇게 갑자기, 미숙한 인류의 앞마당에 나타나리라고는 상상조차 하지 못했다.

자신의 피를 흉기로 만들어 마계와 대치하는 술법.

괴이를 집어삼키는 '송곳니 사냥꾼'들의 혈법 중 하나인 두류 카구츠치.

재프는 레오의 유도에 따라 바람처럼 질주했다. 피로 된 칼날이 번뜩이자 그 끄트머리가 무수히 갈라지더니 붉은 비처럼 쏟아져 내렸다. 수십 수백에 이르는 칼날간의 간격은 정확히 1인치. 모습이 보이지 않는 적이든 뭐든 눈 한 번 깜박이고 나면 원형을 알아볼 수 없는 고깃덩이가 되어 있으리라.

그 전에 문득.

그런 것을 열 살짜리 소녀에게 보일 수는 없다고 레오는 생각했다. 눈길을 돌려 보니 발레리는 여전히 멍하니 서 있었다. 무슨 일이 일어난 것인지, 앞으로 어떻게 될지 모를 일이다.

그녀의 시야를 가로막는 모양새로 앞에 섰다. 지금 할 수 있는 일은 이 정도뿐이었다.

그러고 나서 다시 기드로가 있었던 장소로 시선을 돌려 보니.

재프의 칼날이 이미 땅바닥을 쓸며 표적을 물어뜯고— 있으리라 생각했건만.

그렇지가 않았다.

ONLY A PAPER MOON
BLOOD BLOCKADE BATTLEFRONT

'아차…!'

아주 짧은 시간 눈을 뗀 그 틈에 기드로가 모습을 감추어 버렸다.

"재프 씨, 놓쳤어요!"

"뭐가 어째?!"

혀를 차는 재프의 재촉에 레오는 적의 발자취를 쫓았다. 재프의 공격은 전방위에서 빈틈없이 기드로를 절단했을 터였다. 그것을 피할 방법은 세 가지뿐이었다. 엄청난 속도로 피했거나 혈법이 먹히지 않는 상대이거나 그 밖의 이유가 있거나.

그렇게 빠른 속도로 이동했다면 레오가 전혀 알아채지 못할 리 없었다. 눈을 떼기는 했으나 임무 중에 완전히 적의 존재를 잊을 리가 없다. 레오가 적의 움직임을 느끼지도 못한 것은 녀석이 거의 움직임이 없었기 때문이다. 초음속 탄도조차도 쫓을 수 있는 레오의 눈에 비치지도 않을 초초초고속의 속도로 움직였을 가능성은… 경험상 없을 듯했다.

혈법이 먹히지 않는 상대? 절단되지도 불에 타지도 않는 몸? 그는 오랜 시간 동안 송곳니 사냥꾼들이 추적해 온 마도범죄자다. 그런 특징이 있었다면 진작 판명되고도 남았을 것이다.

그 밖의 이유. 그럴 가능성이 없다고 단언할 수 없는 것이 바로 이 도시였다.

시각뿐 아니라 모든 감각은 경험의 영향을 강하게 받는다.

그렇기에 훈련을 통해 갈고닦을 수 있다. 그런 탓에 선입관에 속기 십상이다.

어느 날 뜬금없이 초자연적인 시각을 얻었을 때, 레오는 상상도 하지 못했던 영역의 민감함 탓에 애를 먹었다. 보지 않고자 하는 것이 보였다. 보고 싶은 것이 보이지 않았다. 눈에 비친 것을 다른 것으로 인식하고 말았다.

하지만 그것은 어떤 의미에서는, 진정한 의미에서의 '착오 없는 정보'였다. 적응하기에 따라 뇌는 정보에 의존하지 않고 해석을 통해 보완하는 방법을 익히기도 하는데, 자칫 잘못하면 그 과정에서 구석구석 제대로 보지도 않은 것을 본 것으로 여길 위험성이 있었다.

예상치 못한 일이 흔치 않다면야 그렇게 하는 편이 편리했다. 하지만 이 도시에서는 그렇지가 않았다. 때때로 레오는 의식적으로 숙달을 통해 얻은 감각을 버렸다. 초짜이기에 감지할 수 있는 위화감. 마도를 통한 싸움에서는 그것이 가장 강한 무기가 되는 일이 종종 있었다. 아니, 오히려 레오 같은 신참이 백전연마의 상대와 맞서려면 이 방법밖에 없었다.

'아까 봤던 걸… 전부 기억해 내.'

비디오를 조작하듯 시야를 재생했다. 조금 전에 포착했던 기드로의 모습에 이상한 점은 없었던가?

무엇이 계기가 됐었지? 발레리의 지적을 듣고 녀석을 봤다. '그곳에 있다'고 생각한 탓에 간과한 점이 있지는 않을까? 이상한 점. 녀석은 이쪽을 보고 있지도 않았다. 방심한 상태였다면 녀석은 진작 죽었을 것이다. 그렇게 되지 않은 것으로 보아 녀석은 공격을 예상하고 있었을 터다. 모순된다.

그렇게 생각하자 이상한 점이 몇 가지나 발견되었다. 녀석이 걸음을 옮기던 방향. 산책길을 비스듬히 가로지르고 있었다. 나무열매를 밟았는데 그것이 뭉개지지 않았다. 나뭇잎 위에 발자국도 없다. 바람의 방향과 코트가 펄럭이는 방향이 서로 달랐다….

평소 같았으면 금방 간파할 수 있었을 것들이다.

반대로 그러한 거짓들이 모두 합치하는 것은 어느 방향일까.

레오는 고개를 돌렸다.

발레리의 등 뒤에 자리한 나무숲에서. 그림자가 불쑥 튀어나오는 모양새로 기드로의 괴상한 몸뚱이가 모습을 드러냈다.

"이름이 재프였군요."

일부러 그런 말을 중얼거린 이유는.

온몸이 뻣뻣해진 발레리의 반응을 통해 그 정보의 진위 여부를 확인하기 위해서였으리라. 이 역시 실수였다. 저주의 달인과 싸우는 도중에 동료의 이름을 부르고 말다니.

그래도 모든 것이 다 늦어버리기 전에 알아챈 보람은 있었다. 재프는 레오의 유도에 따라 다시 칼날을 휘둘러, 발레리와 함께 적을 두 동강— 낼 듯 보였으나 복잡하게 변형한 칼날은 발레리의 몸을 피해 그 건너편만 쓸어 버렸다. 세밀하게 변화시켰음에도 속도는 떨어지지 않았다.

기드로는 발레리를 향해 뻗던 손을 거두어 뒤로 도약했다. 재프가 조금이라도 주저했다면 그녀는 인질로 잡히고도 남았을 것이다. 적의 모습이 재프에게도 보였다면 이번 공격으로 처치할 수 있었을지도 모르건만….

기드로는 뒤로 물러나며 큰소리로 웃었다.

"최근에 퍼스트네임만 갖고도 걸 수 있는 저주를 찾아냈거든요. 송곳니 사냥꾼을 상대로 쓰기에 딱인 것을 말입니다…!"

그리고 코트 앞을 펼쳤다.

가느다란 팔다리에 비해 몸통만 비대했던 이유를 알 수 있었다.

코트 안에는 작은 꾸러미며 낡은 수첩, 두루마리, 병에 캔에 정체를 알 수 없는 고깃덩이까지, 말 그대로 자질구레한 도구들이 산더미처럼 매달려 있었다. 목 주변과 어깨에 레일이 장치되어 있어, 코트라기보다는 커튼처럼 되어 있었다.

기드로는 입가를 씨익 올리며 선언했다.

"저의 꼬리를 잡은 줄 알았나요…? 핫하아! 제가 유인한 겁니다, 라이브라 여러분!"

마술사가 끄집어낸 것은 요란한 색으로 장식된 스프레이 캔이었다.

차례로 밀려드는 난제.

부조리하고도 불가사의한 마(魔).

탐욕스러운 혼돈은 윤리의 상자를 찌부러뜨리고 복잡하고 기괴한 이유를 들이대어 단순한 선택을 가열하게 강요한다.

운명이라는 무거운 짐을 짊어진 인간에게 유일하게 의미가 있는 질문을.

다시 말해. 사정이야 어찌 되었건.

《포기할 것인가, 말 것인가?》

그 스프레이는 파티 용품처럼 보였다.

실제로 파티 용품을 개조한 것이리라. 에어혼(air horn)이다. 기드로가 스위치를 누르자 커다란 소리가 울려 퍼져, 귀에 거슬리고 부자연스러운 선율을 자아냈다.

"이건… 주음(呪音)인가?!"

소리는 들리는지 재프가 신음했다. 뻣뻣하게 굳은 발레리의 팔을 붙들어 등 뒤로 감췄다.

상황을 모두 파악하고 있는 것은 기드로와 레오뿐이었다.

'재프 씨에게, 적의 정확한 위치만 전달할 수 있다면…!'

간단한 일 같았지만 어디에 있다고 가리킨들 기드로는 재프가 공격을 하기도 전에 도망칠 것이다. 시각 그 자체를 재프에게 전송하는 수법도 마음만 먹으면 시도는 할 수 있다. …하지만 아직 완벽하게 다루지 못하는 데다 시점이 다른 영상을 재프에게 보여 주면 오히려 착각을 일으킬 우려도 있었다. 이렇게 급박한 상황에서 쓰기에는 위험했다.

순간.

레오는 발레리의 몸에 이변이 일어난 것을 보았다. 그녀는 빠르게 눈을 깜박이며 가볍게 몸을 떨었다. 좀 전에 그랬던 것처럼.

그리고 그녀는 재프의 등으로 달려들었다. 억지로 업혀서는 귓가에 대고 무언가를 중얼거리는 듯 보였다. 레오에게는 들리지 않았지만 입술 모양으로 추측할 수는 있었다.

"스포일러 타임."

이어서 몇 마디를 더 했지만 그것까지는 추측할 수가 없었다.

재프는 곧바로 그녀를 떨쳐내려 했지만— 말을 들은 순간 움직임을 멈췄다.

그러더니 빙글 몸을 돌려 길 건너편에 있는 가로수 몇 그루를 한꺼번에 베어 쓰러뜨렸다.

"……?"

무의미한 일이라 생각했다. 기드로도 그렇게 생각하리라. 감으로 대충 휘둘렀다 해도 지나치게 엇나갔다.

하지만 몇 그루의 나무가 쓰러진 진동이 다음 나무에도 전해지자….

기드로의 등 뒤에 있던 나무도 아주 약간 흔들렸다.

누가 날린 것인지 나뭇가지에 걸려 있던 종이비행기가 떨어졌다. 그대로 바람을 타고… 하늘을 날아….

스륵. 기드로의 모자 위에 내려앉았다. 그는 알아채지 못했다.

그사이 재프는 칼날의 형태를 변화시켰다. 망치와 비슷한 거대한 날. 인신의 4, 홍련골식(紅蓮骨喰).

"거기냐아아아!"

재프는 종이비행기가 내려앉은 곳을 힘껏 후려쳤다.

기드로는 일격에 날아가 길을 한참 가로지르고서야 멈췄다.

"…간당간당하게 살아는 있네요."

레오는 달려가서 확인했다.

ONLY A PAPER MOON
BLOOD BLOCKADE BATTLEFRONT

대부분의 내장이 터져 나가는 바람에 이번에야말로 코트를 입었을 때의 실루엣과 비슷한 수준까지 몸통이 부풀어 오른 상태였지만. 헬사렘즈 로트에서라면 목숨은 부지할 수 있으리라. 얄궂은 이야기였지만 이 남자가 살해해 온 일반 시민들은 누려 보지도 못할 의료 혜택이었다. 하지만 기드로는 귀중한 정보를 지닌 범죄자인 탓에 모든 수단을 총동원해 살려 놓을 것이다. 뭐, 여생을 편하게 보내기는 글렀지만.

"쳇. 안 뒈졌나."

재프가 혀를 찬 것도 같은 생각을 했기 때문이리라. 등에 업혔던 발레리를 내려놓고 걸음을 옮겼다.

그는 기드로가 떨어뜨린 에어혼 캔을 집어 들었다. 생긴 건 우스꽝스러워도 어엿한 마도구인지라 회수해야만 했다.

"어때, 아빠? 내가 벌써 두 번이나 도와준 거다?"

발레리가 가슴을 펴며 어필했지만.

재프는 뚱한 눈으로 아래턱을 내민 채 반박했다.

"애초에 너 때문에 일이 꼬인 거였잖아~"

부정당한 발레리는 계속해서 항변하려 했지만.

마침 그때 재프가 들고 있던 캔이 파열되어 이야기가 끊겼다.

"우와. 젠장. 아파아~"

재프가 귀를 억누른 채 신음했다. 파열된 캔의 잔해를 손에

든 채,

　"뭐야. 망할. 오늘 정말 왜 이래? 오늘 무슨 날이야?"

　평범한 하루일 터였다. 아마도.

　우연히 샛길로 빠져 보니 재프의 딸이라는 소녀가 나타났고, 곧이어 마술사를 붙잡은.

　이 비현실적인 도시에서의 평범한 하루.

　　도시의 이름은 헬사렘즈 로트.

　　뉴욕이라 불렸던 도시.

　　하룻밤 만에 붕괴, 재구성되어 다른 차원의 거류지가 된 이 도시는 현재, 이계―비욘드와의 경계점이자 지구상에서 가장 위험한 긴장지대가 되어 있었다.

　　안개가 자욱한 도시에서 꿈틀대는 기괴한 생물, 신비현상, 마도범죄, 초상(超常)과학. 자칫 잘못하면 인간계는 침식되어, 불가역한 혼돈에 삼켜질 것이다.

　　세계의 균형을 지키기 위해 암약하는 비밀결사 라이브라.

　　이 이야기는 그 구성원들의 투쟁과 일상에 대한 기록이다.

ONLY A PAPER MOON
BLOOD BLOCKADE BATTLEFRONT

2 — Sailin'over a cardboard sea,

기드로의 처우는 딴 곳에 맡기고.

그럼 이제 어떻게 할까, 라는 이야기가 나왔다.

셋이서 의논한 결과….

"흠."

조직에 연락하자 30분 정도 만에 이 인물이 나타났다.

라이브라를 이끄는 리더이자 궁극의 신사, 크라우스 V. 라인헤르츠.

그가 가족들이 즐겨 찾을 법한 레스토랑 깊숙한 곳에 자리한 칸막이 좌석에 그 탄탄한 몸을 다소곳하게 구겨 넣듯 앉아 있었다.

테이블과 의자 틈새에 자리한 무릎 위에 손을 올려놓자 1밀리미터의 틈새도 없이 들어차기는 했지만.

불편한 내색은 전혀 하지 않고 태연하게.

옆 테이블에서 피에로 복장을 한 점원이 폭죽을 꽂은 버스데이 포테이토 접시를, 그 테이블 '임금님'의 명령으로 머리에 얹고서 10분도 더 춤을 춰대고 있는 상황임에도.

(운이 좋다고 해야 할지) 조금 떨어진 테이블에서는 어린이

ONLY A PAPER MOON
BLOOD BLOCKADE BATTLEFRONT

집단이 괴성을 지르며 아이스크림 던지기에 여념이 없는 상황임에도.

망설임 없이 자리에 앉은 것은 물론이고 당황한 낌새도 보이지 않았다.

크라우스는 자신이 주문한 미트로프를 점원이 테이블로 가져오기를 기다렸다가 질문했다.

"그래, 지극히 중대한 사안이라 들었네만 무슨 이유로 이곳에 온 건가?"

"그게… 뭐, 이 아이가 열렬하게 바랐다는 이유도 있지만요."

레오는 옆에 앉은 발레리를 가리키며 답했다.

"어른이면 어른답게 식사는 제대로 된 가게에서 해야지!"

치즈와 계란후라이가 들어간 햄버거를 얼굴이 샛노래지도록 묻혀가며 먹는 그녀를, 크라우스는 결례가 되지 않을 정도로 바라보았다.

레오는 또 하나의 이유를 보고했다.

"그리고 재프 씨가 말하기를, 이 칸막이 좌석에 크라우스 씨의 몸뚱… 아, 아뇨, 암튼 욱여넣어 두면 옴짝달싹도 못 할 거라더라고요."

"그래서 좀 전에 덤벼든 거라 이건가?"

"네에."

"아프아아아아아아아아아아아아프다구우우우우우후후우우우우우우우~"

진작 역습을 당해 그 좁은 테이블 아래 푹 퍼져 있던 재프가 떨리는 목소리로 비명을 질렀다.

발레리는 그런 재프를 몇 번인가 걷어차며(다리를 달랑거리는 버릇 탓에) 중얼거렸다.

"상담하려고 높은 사람을 불러 놓고 왜 그걸 쓰러뜨릴 궁리를 하는 건데?"

"글쎄."

"역시 아빠는 바보야?"

"그렇지 않습다."

"네. 결코 그렇지 않습니다."

"어째설까. 갑자기 영혼이 담기지 않은 말처럼 들리는데."

그녀가 레오와 크라우스의 얼굴을 번갈아 보고 있던 중.

크라우스는 정중하게 되물었다.

"…방금, 아버님이라고?"

"아, 그게 뭐라고 해야 할지, 문제 중 하나인데요."

레오가 이야기를 하는 동안.

크라우스는 한마디도 하지 않고, 척 보아도 아무런 맛도 나지 않을 듯한 미트로프를 어린이용 플라스틱 나이프와 포크를

ONLY A PAPER MOON
BLOOD BLOCKADE BATTLEFRONT

써서 먹어치웠다.

종이 냅킨으로 입가를 닦고서 겨우 내뱉은 말은 다음과 같았다.

"스포일러라⋯."

"아. 뭔가 아시나요?"

"아니. 짚이는 바는 없네. 없네만. 뭐라고 해야 할지, 마음에 걸리는 말이로군."

"의미심장한 말씀이시네요."

"의미가 있을지 어떨지 확실치 않은, 잡다한 감상에 불과하지만 말일세."

크라우스는 발레리에게로 시선을 옮기며 물었다.

"미스 바마. 저는 이러한 사건 대처에 대한 책임을 지고 있는 자입니다. 질문을 하는 것을 허락해 주시겠습니까."

"좋아."

"당신은 어떻게 10년이라는 시간을 거슬러 온 겁니까?"

"그건⋯."

그녀는 대답을 하려는 듯 보였다.

하지만 이내 말을 멈추더니,

"모르겠어. 아빠를 만나고 싶다고 빌었어. 소원이 이루어진 거야. 그리고⋯ 그 이상은 허가가 없어서 말할 수가 없어."

"누구의 허가죠?"

"그건… 그것도. 허가되지 않은 건 기억해 낼 수가 없어."

"기억이 봉인된 건가…?"

크라우스는 레오가 중얼거린 말에 이렇다 할 답을 하지 않고.

그대로 질문을 바꾸었다.

"당신이 이 시대에서 의지할 만한 사람은 있습니까?"

그는 발레리에게 그녀의 이야기가 진짜인지 어떤지는 전혀 묻지 않았다.

아예 믿기로 한 것인지, 아니면 참이든 거짓이든 상관없다고 생각하는 것인지. 레오는 후자가 아닐까 싶었다.

발레리는 그 물음에 즉시 대답했다.

"아빠. 엄마는… 죽고 난 다음이니까."

"유감입니다."

"괜찮아. 나에게는 10년 전의 일이고. 엄마 얼굴도 사진으로만 아니까."

"그렇습니까…."

크라우스는 그렇게 말하며 자리에서 일어났다.

덤으로 좁은 테이블 아래서 이상한 모양으로 굳어져가던 재프도 끌어내어.

ONLY A PAPER MOON
BLOOD BLOCKADE BATTLEFRONT

"그러면 바라건대. 당신을 돕게 해 주십시오. 미스 바마."

우아하게 고개를 숙여 보였다.

초상현상과 맞서 싸우는 비밀결사 라이브라의 본부는 몇 가지 기술적, 마술적 방어 장치 너머에 있었다.

얼핏 보기에는 평범한 빌딩이었지만 수순을 정확하게 밟지 않으면 진짜 내부로는 들어갈 수 없게 되어 있다.

라이브라의 목적은 대충 단순하게 말하자면 세계의 질서를 가능한 범위 내에서 유지하는 데에 있었다.

인류의 역사상 최대의 사건 중 하나인 '대붕괴'는 단순히 일개 도시가 붕괴하기만 한 것이 아니었다. 이전까지는 어둠 속에만 존재했던 사상(事象)이 백일하에 드러났다는 측면에서의 의미가 더욱 크다 할 수 있었다.

'향후 천 년의 패권을 좌지우지할 장소'라는 말은 과장이 아니었다. 헬사렘즈 로트에서 표면화된 초자연적 현상들 중 일부라도 도시에서 흘러나가는 날에는 일국의 운명에 막대한 영향을 미칠 것이 분명했다.

헬사렘즈 로트에 존재하는 것은 밖으로 내보내지 않되, 헬사렘즈 로트 그 자체도 지속적으로 방어선으로서 기능하도록 하는 것.

그러한 목적으로.

황혼 너머에 숨은 존재와 오랜 세월 동안 암투를 벌여 온 '송곳니 사냥꾼'들이 헬사렘즈 로트에 파견한 초인조직, 그것이 라이브라였다.

고결한 바윗덩이, 강철보다 날카로운 규율, 크라우스 V. 라인헤르츠가 이끄는 그 구성원들로 말하자면…

"아~핫핫핫핫하하히~호라휘호헤헤고 풰 캬하아~핫핫하!"

눈물을 흘리며 박장대소를 하고서 재프의 머리를 붙잡아 얼굴을 들여다보고는, 손가락질을 하고 나서 다시 웃고, 한바탕 땅바닥을 구르다 슬그머니 내빼려던 재프를 또다시 붙잡아 질질 끌고 돌아와 다시 웃음을 터뜨리기를 반복하고 있는 사람은 K. K라는 이름의 키 큰 여성이었다.

"아~하하, 그래서 애송이! 이 천둥벌거숭이가! 헤푸풉… 바람! 바람둥이 생활을 청사랄 때가 왔다— 이거지?! 나 웃겨 죽어!"

"그만 좀 봐주세요, 누님…. 발음 꼬여서 말을 못 하겠으면 웃던 거 마저 웃고 나서 하세요…."

재프가 훌쩍훌쩍 눈물을 흘리며 애원했다. 재프는 방약무인한 성격이기는 했지만 의외로 조직 내에서의 상하관계에는 충실했다. 일종의 프로의식 때문이라고도 볼 수 있겠지만, 단순히 정말로 거슬렀다가는 뼈도 못 추릴 상대이기 때문이라는 이유도 부정할 수 없었다. 이 라이브라라는 조직에서는.

재프의 애원을 들어 줄 생각은 눈곱만큼도 없었을 테지만 K.K가 손을 떼자 재프는 힘없이 털썩 쓰러졌다.

K. K가 그 모습을 내려다보며 중얼거렸다.

"어머. 정말로 괴로운가보네?"

"아니 그게, 아까부터… 몸이 아파서요."

"응? 이상하군."

그때, 사무실로 들어선 크라우스가 푹 퍼져 있는 재프를 보며 말했다.

"평소보다 치명상을 입을 만한 짓은 하지 않았네만."

재프가 온갖 수단으로 크라우스를 습격하는 일은 매번 있는 일이라 이제는 아무도 신경 쓰지 않았고, 재프도 다소 험한 꼴을 당하는 정도로 결판이 나고는 했다.

재프는 땅바닥에 넙죽 엎드린 자세로 고개만 반쯤 들어 한심스러운 목소리로 말했다.

"아니, 그 전부터 뭔가 몸 속 깊숙한 곳이 아프다고 해야 할지…."

"흠. 이상한 일이로군."

크라우스는 턱을 쓰다듬으며 말을 이었다.

"마침 의사를 부른 참이네. 아래에 있는 빈 방을 임시 의무실로 개조했으니 진찰을 받아 보게나."

"…발레리를 검사하려고요?"

레오의 물음에 크라우스가 고개를 끄덕였다. 그녀의 기억이 봉인된 원인을 알기 위해 그런 조치까지 취하다니. 다른 곳에서 조사하기에는 미묘한 안건이라 판단한 것이리라. 보안상 신체검사를 할 필요도 있고. 이 라이브라를 노리는 누군가의 함정, 속임수일 가능성은 늘 있었기 때문이다.

어쨌든 슬금슬금 바닥을 기어 다니는 재프를 바라보던 레오는.

퍼뜩 생각이 나서 발언했다.

"앗. 그러고 보니 임무 도중에 그 마술사가 재프 씨한테 저주를 걸려고 했었는데."

"그건 중간에 못 하게 막은 데다 그딴 얼빠진 저주에 걸릴 리가 없잖아~"

재프는 그렇게 말했지만.

그를 제외한 방 안에 있는 일동은 서로 시선을 주고받고는, 하나의 생각을 공유했다.

이 인간이라면 걸리고도 남지.

레오는 분한 마음에 신음하듯 말했다.

"제가 발목을 잡아서 그래요."

"뭐, 이 녀석이 없었으면 보이지도 않았겠지만 말이죠."

나름대로 배려를 할 요량으로 재프가 레오를 감싸 주었다. 그런다고 속이 풀릴 리는 없었지만.

크라우스가 이야기를 끊었다.

"주술에도 정통한 무면허 의사를 불렀네. 검사를 받게나. 지금은 미스 바마가 검사 중이네만."

"부녀가 사이좋게 진찰 받으면 되겠네~ 안 그래, 아빠~?"

"우으으. 누님…."

그런 소리를 하고 있자니.

스티븐이 헛기침을 해서 탈선된 이야기를 제자리로 돌려놓았다.

그는 라이브라의 중진 중 한 명인 스티븐 A. 스타페이즈. 딱히 직책이 있는 것은 아니었지만 크라우스의 부관 같은 입장이었다.

크라우스에 비하자면 기생오라비처럼 생기기는 했지만 얼굴에 새겨진 흉터와 늘 빈틈을 보이지 않는 태도는(특수한 시력 탓에 의도치 않게 그러한 '간극'이 보이는 레오이기에 더욱 극명하게 느끼는 것이었지만) 실은 크라우스와는 다른 의미에서 무시무시하다 해야 하지 않을까 싶었다.

늘 그렇듯 스티븐은 조용히 정론을 읊었다.

"진위를 확인하려면 유전자 감정을 하는 게 빠르지 않을까."

"…왜 이런 얘기를 진지하게 받아들이고 그래요? 거기 있는 아저씨는 둘째 치고."

재프가 고개만 들어 크라우스를 가리키며 웅얼거렸다.

레오는 재프뿐 아니라 방 안에 있는 모두에게 말했다.

"하지만 그 아이는, 분명 미래를 예견한 듯한 말을 했었어요."

크라우스, 스티븐, 그리고 K. K.

그리고 검은 머리의 미녀가 소파 위에 오도카니 서서 조금 전부터 K. K의 괴롭힘 탓에 눈물을 쏟고 있는 재프의 꼬락서니를 스마트폰으로 촬영하고 있었는데—

그녀, 체인 스메라기는 인랑국(人狼局)에 소속된 엄청난 실력의 첩보원이자 번번이 곤경에 빠지는 재프의 불행을 더없이 애호하는 괴짜이기도 했다.

별다른 볼일도 없으면서 이번 소식을(어디선가) 듣고는 신이 나서 달려왔다는 모양이었다. 하지만 발레리의 이야기를 믿을지 말지는 별개의 문제라 생각하는지 쌀쌀맞게 발언했다.

"콜드 리딩*인지 뭔지 하는 거 아냐?"

※콜드 리딩(cold reading) : 상대의 반응과 겉모습, 대화 등을 통해 상대에 관한 정보를 추측해 알아맞히는 화술.

ONLY A PAPER MOON
BLOOD BLOCKADE BATTLEFRONT

그 눈은 넌지시, 착해 빠진 두 사람을 속이는 건 일도 아니라고 말하고 있었다.

그녀가 냉담해 보이는 것은 첩보원이라는 직업 탓도 있었지만— 뭐, 레오는 그런 셈 쳐두고 싶었지만. 어찌 되었든 그 무정한 시선을 받고 있자니 어쩐지 배알이 꼴렸다. 그래서 확신은 없었지만 레오는 저항했다.

"으~음… 함정이 아니라는 보장은 없지만. 그래도 말재주만 가지고는 무리 아닐까요. 마술사의 위치를 정확히 알아맞히는 건."

"한패일지도 몰라."

"덕분에 마술사는 구속되었고, 자칫하면 죽었을 가능성도 높았다고요. 마술사 쪽에 아무런 득이 없잖아요."

"……."

체인이 입을 다물자.

스티븐이 대화에 끼어들었다.

"함정일 경우… 최소한 라이브라가 기드로를 붙잡기 위한 시도를 했던 시간, 장소, 인원까지 파악하고 있어야만 해. 그렇게까지 정보가 누설되었다고 보는 건 아무래도 무리가 있지 않을까."

계속해서 체인이 대답을 하지 않자.

레오가 떨리는 목소리로 말을 받았다.

"그럼, 정말로…?"

하지만 재프가 꾸물꾸물 일어나 이를 갈며 입을 열었다.

"이것 봐~ 그렇다고 시간을 거슬러 사람을 보내는 건, 초특급으로 끗발 있는 신이나 돼야 가능한 일이잖아. 그런 녀석이 열 살짜리 꼬맹이가 소원 좀 빌었다고 덜컥 들어 주겠─"

그러다 레오를 보고서야 퍼뜩 생각이 났는지 말을 바꾸었다.

"응. 뭐… 너 같은 경우도 있기야 하다만."

우물우물 말하는 바람에 다시 K. K의 웃음의 희생양이 되었다.

터무니없이 강대한 존재는 글자 그대로 터무니없이 강대한 힘을 지녔다.

그리고 그에 뒤지지 않을 정도로 종잡을 수 없는 이치에 따라 활동하기에 인간의 논리를 기준으로 하면 의미를 알 수 없는 변덕으로만 보이는 행동을 하는 경우가 종종 있었다. 뭐, 그런 사신급의 존재가 인간 수준의 손익관계며 감정을 기준으로 움직인다는 이야기보다는 차라리 설득력이 있겠지만.

아무리 부조리한 일이라 해도 단순히 있을 수 없는 일이라는 이유만으로 있을 수 없다고 단정할 수 없는 것이 이 도시의 난해한 점이었다.

ONLY A PAPER MOON
BLOOD BLOCKADE BATTLEFRONT

"한정된 정보를 통해 추측을 하자면—"

정체된 이야기를 다시 진행시키기 위해 나선 것은 스티븐이었다.

"단순히 미래의 정보를 가져오기만 하는 것은 아닐 거야. 그녀가 그것을 '스포일(spoil)'함으로써 인과관계가 바뀌는 것도 계산된 일일 듯해."

"그래서, 지나친 파탄을 불러일으킬 수 있는 정보는 전부 블록되어 있다 이거지?"

K. K가 맞장구를 치자 스티븐은 얼마간 생각을 하다가 입을 열었다.

"미래의 정보라… 그 블록은 풀 수 있을까?"

그 한마디에 장중의 분위기가 얼어붙었다.

일동의 눈이 스티븐을 향했다. 그는 몇 초 후에야 그 사실을 알아챘는지 변명을 늘어놓았다.

"아니, 만약 사실이라면 그녀의 정보가 표적이 될 가능성도 있을 테니 말이야. 어딘가에 있을… 악당에게."

"…그렇게 되면 무진장 성가셔지겠네. 아무에게도 넘겨주면 안 되겠어."

어쩐지 의미심장한 투로 K. K가 중얼거렸다.

스티븐은 또다시 헛기침을 했다.

"신경 쓰이는 게 하나 더 있어."

"뭔데요?"

레오가 묻자 그는 두 손을 펼치며,

"10년 후의 미래에서 현재로 왔다고 했지? 다시 말해 이곳은 그녀에게는 10년 전 세계야."

"그런 셈이죠."

재프가 말을 받았다. 스티븐은 고개를 끄덕이고는 말을 이었다.

"어째서 1년 전도 3년 전도 5년 전도 아니라 10년 전으로 온 거지? 아버지를 만나기를 바랐다면 그 시대에 만났으면 됐을 텐데. 어째서 시간을 거슬러 올 필요가 있었던 거지?"

"…듣고 보니."

이야기의 흐름을 파악할수록 불길함만 더해졌다.

스티븐은 마지막으로 탄식이 섞인 투로 말했다.

"그 소녀의 아버지도, 어머니와 마찬가지로 10년 전에 죽었기 때문인가?"

움찔. 가장 먼저 반응한 것은 체인이었다.

그녀는 눈을 빛내며 재프를 쳐다보았다.

"죽을 예정이야? 괜찮아? 좋은데?"

"뭔가 이상한 감정이 섞인 것 같다, 꼬리 없는 암캐? 혹시 있

ONLY A PAPER MOON
BLOOD BLOCKADE BATTLEFRONT

는 거 아냐? 어디 보자, 인마."

이를 가는 재프는 아랑곳 않고 K. K도 다른 불만을 터뜨렸다.

"어찌 되었건 그럴 거면 그냥 어머니를 만날 수 있는 시대로 가면 됐을 텐데. 왜 엄마를 경시하는 건데. 완전 열받네~"

일동이 저마다 떠들어 대는 가운데.

줄곧 잠자코 듣고 있던 크라우스가 천천히 얼굴을 손으로 쓸며 입을 열었다.

"이거, 아귀가 안 맞는군."

스티븐이 어깨를 으쓱했다.

"뭐, 시간을 거슬러 온 사람이 있다는 화제에 아귀를 맞추려 든들 허무할 뿐이겠지만 말이지. 다만 동기가 분명치 않으니 영 꺼림칙한 걸. 이 일이 사실이든 거짓이든, 누군가가 품을 들여 어린아이를 이곳으로 보냈다는 사실에는 변함이 없으니까. 재프를 표적으로 한 것이라면 더욱 주의를 기울일 필요가 있겠어."

"하지만 미래의 정보라고는 해도 결국은 어린애의 지식이잖아요?"

이야기가 영 떨떠름한 방향으로 흘러가고 있는 것 같아 레오가 발언했다.

스티븐은 여전히 태연한 태도로 말을 받았다.

"그렇다고 해도 말이야. 대통령의 이름을 알고 있기만 해도 문제가 커져. 진위 여부는 둘째 치고 소문이 조금이라도 새어 나가면 누군가가 그 아이를 노릴 가능성이 있어."

"…각자 세심한 주의를 기울이도록."

미팅은 묵직한 크라우스의 목소리로 끝이 났다.

"저주에 걸렸구마안~…."

작은 몸집에 수염을 기른 남자가 멍하니, 아무도 없는 방향을 바라본 채 말했다.

정면에 앉은 재프를 한 번 더 흘끔 쳐다보더니.

다시 시선을 돌리며 쉰 목소리로 반복해 말했다.

"저주에 걸렸구마안~… 괜찮으려나아~…."

"구체적인 소견 같은 건 없어요?"

임시 의료실에 따라간 레오가 그렇게 묻자.

의사 겸 저주술사 겸 영매사인, 수염을 기른 남자는 흰 가운을 여미더니 몸을 부르르 떨며.

"무서워라아~… 많이 아플 텐데~…?"

"그래."

완전히 토라진 어린애 같은 표정으로 재프가 동의했다.

좀 전의 미팅으로부터 10분 정도가 흐른 뒤였지만, 그새 통

ONLY A PAPER MOON
BLOOD BLOCKADE BATTLEFRONT

증이 악화되어 발레리의 검사가 아직 끝나지 않았음에도 끼어들게 된 것이다. 의무실의 반대쪽에서는 다른 의사가 발레리를 진찰하고 있었다. 발레리는 몇 번인가 재프를 흘끔 쳐다보았지만 재프는 완고히 무시하고 있었다.

"그거 있지~… 저주에 걸린 거거든~… 그게 아니면 병에 걸린 건데~… 어느 쪽인 것 같아? 모르겠음 저주에 걸린 거거든~…."

"저기. 구체적인…."

"아아, 그래~… 요컨대 말이지, 염증이거든~… 혈관에 영향을 주는 저주라니, 별 신기한 게 다 있네~… 통증부터 시작되는 경우는 드무니까, 역시 저주이려나아~…."

"혈관?"

"보통은 면역계가 하는 일이기는 한데, 이건 혈관이 혈액 순환의 변화에 반응해서 자해를 하도록 되어 있구만~… 몸 구석구석까지 은근 많이 아플 텐데~… 안정을 취하지 않으면, 사흘도 되지 않아 서 있기도 힘들어질 걸~… 일단 스테로이드 점적 주사를 놔 봤는데, 좀 편해졌어…?"

"……."

거의 다 비어가는 링거를 쳐다보는 재프의 표정을 보고 있자니 답을 듣지 않아도 알 것 같았다.

"저주를 풀 방법은?"

"가장 확실한 건, 저주를 건 본인한테 풀게 하는 거지~ 다음으로 확실한 건, 그 녀석을 죽이는 거고~….."

"그 다음은?"

"으음, 아무렇게나 닥치는 대로 해주(解呪)법을 시험해 보는 방법이 있기는 하지만, 글쎄에~… 폭탄과 마찬가지로, 쉽게 해제하지 못하도록 짜는 게 저주라는 거거든~… 해주법 쪽이 저주보다 끔찍한 경우도 많고 말이야~…."

폭탄은 해제하는 것보다 안전한 장소에서 폭발시키는 편이 낫다. 그런 이야기일까.

"기드로는 곧 전문가의 심문을 받게 될 테니…."

레오는 밝은 화제라 생각해 말한 것이었지만 재프의 표정은 밝아지지 않았다. 그는 주삿바늘을 뽑고 웃옷을 고쳐 입었다.

"수십 년이나 사회 이면에서 암약해 온 악당이야. 입을 열게 하는 데 몇 년이나 걸릴지 모를 일이라고. 고객 리스트니 범죄 수법이니 하는 거래 재료가 썩어날 만큼 많을 텐데 붙잡히게 한 원수한테 득이 될 만한 정보를 제일 먼저 불 리가 없지."

"그러면…."

그럴 리야 없겠지만. 레오는 순간적으로 생각하고 말았다.

경찰에게 양도된 기드로를, 수용시설로 이송되기 전에 살해

ONLY A PAPER MOON
BLOOD BLOCKADE BATTLEFRONT

한다…?

아무리 생각해도 준법정신과는 거리가 먼 방법이다. 크라우스는 허가하지 않을 것이다. 라이브라의 규율에 어긋나는 일이니.

그럼에도 순간적으로 말을 하기는커녕 제지를 할 수도 없었다. 머리를 스쳤기 때문이다. 조금 전에 있었던 회합에서 스티븐이 입에 담았던 우려가….

만약 정말 그렇다면. 자신은 어떻게 해야 할까. 만류하는 것이 재프의 죽음을 의미할까, 아니면 그 반대일까.

문득 정신을 차려보니 재프와 눈이 마주친 상태였다. 그의 눈은 아무런 말도 하지 않았다. 그는 다만 이렇게 말했다.

"뭐, 어떻게든 해 봐야지."

"방법은 있고요?"

"없어."

"그러면 말이지~… 일단 기본적으로 해가 없는 수준에서, 슨규기베우라루문구렁이 풍(風) 생물의 초절임을 통째로 삼키는 것부터 해 볼까…? 자는 동안 88개의 마정(魔釘)을 쑤셔 넣되 정신을 차리면 무효가 되는 코스보다는 죽을 확률이 적을 것 같은데 말이야~…."

재프는 묘하게 맨들맨들하고 검푸른 무언가(살아 있음)를 내

미는 의사를 밀치고 자리에서 일어났다.

그대로 나가려 했으나.

발레리가 재프의 모습을 가만히 눈으로 좇고 있었다.

재프는 거북함 탓에 걸음이 무뎌져 그 자리에 멈춰 서서 몸을 돌렸다. 그러고는 발레리를 보고 말했다.

"여어."

"아빠."

그로써 화제가 떨어졌는지 침묵이 내려앉았다.

눈씨름이 이어졌고—

발레리도 자리에서 일어나 다소 거리를 좁혀—

두 사람이 그대로 얼굴을 들이밀고 서로를 노려보기 시작한 참에 레오가 옆에서 중얼거렸다.

"할 말이 없는 것 같으니 제 쪽에서 말할게요. 어땠나요? 발레리의 건강 상태는…?"

"몸 자체는 건강해. 허약 체질이기는 하지만."

그녀를 진찰하던 통통한 여자 의사가 대답했다.

"문진 결과가 좀 마음에 걸리기는 하지만. 대답해 줬으면 하는 질문에는 거의 대답할 수가 없다잖아."

"어떤 질문을 하셨는데요?"

"보험 유무."

ONLY A PAPER MOON
BLOOD BLOCKADE BATTLEFRONT

"에… 이거, 보험 되는 건가요?"

"안 되지만, 의사의 습성이거든."

"네에."

어떻게 대답해야 할지 몰라 일단은 서로의 뺨을 꼬집어 대기 시작한 재프와 발레리를 떼어 놓았다.

"이 아이에게 물어봐도 답이 안 나온다 이거군요….."

"좋은 여자는 수수께끼가 많은 법이라고!"

발레리가 뺨이 새빨갛게 부은 얼굴로 가슴을 젖히며 말했다.

"좋은 여자 좋아하시네, 이 납작 꼬맹이!"

"너무해~! 그건 아빠가 딸한테 가장 해서는 안 될 말이라고! 가장 사랑하는 사람과 제일 닮은 사람한테 그러기야?!"

"아빠 좋아하시네! 네가 멋대로 그렇게 부르고 있는 것뿐이잖아! 난 너 같은 애 모른다고!"

"윽…!"

그때까지 한 걸음도 물러나지 않았던 발레리가 비틀대며 뒷걸음질을 쳤다.

얼마간 말문이 막힌 듯 보였으나 이내 목소리를 쥐어 짜냈다. 눈물은 흘리지 않았지만 잔뜩 잠긴 목소리로.

"자기 딸한테, 딸이… 아니라고 하다니. 그건 정말로 해선 안 될 말이라고….."

그녀가 갑자기 잔뜩 위축된 모습을 보이자 재프도 경직된 채 아무 말도 하지 못했다.

엉겁결에 치켜 올렸던 주먹과 몸을 떠는 발레리를 번갈아보더니 화들짝 놀란 표정으로 팔을 내렸다.

주변을 둘러보았다. 여의사에 간호사들. 굳이 관찰하지 않아도 아군이 있을 리 없었다. 재프의 주머니에 슨규기베우라루문 구렁이를 욱여넣으려고 슬금슬금 다가오는 수염 난 의사까지처도.

"우… 우….."

울먹거리다가.

"우와아아아아아아앙!"

울며 뛰쳐나간 것은 재프 쪽이었다.

우당탕탕 발소리가 멀어지자.

발레리가 천연덕스럽게 고개를 들었다.

"속았지?"

그러고는 의사들에게 꾸벅 고개를 숙였다.

"신세 많이 졌습니다. 그만 가 봐도 되죠?"

"아, 응. 하지만 이곳은 멋대로 돌아다닐 수 있는 곳이…."

여의사가 제지했지만 발레리는 들은 척도 안 했다.

"아빠 위로해 줘야지. 불쌍하니까."

ONLY A PAPER MOON
BLOOD BLOCKADE BATTLEFRONT

자기가 울렸으면서. 레오는 내심 그렇게 생각했다.

어쨌건 그녀는 가벼운 발걸음으로 재프가 나간 통로 쪽으로 향했다.

"아, 제가 따라갈게요."

레오가 스태프에게 양해를 구하고 뒤를 쫓았다.

의무실을 나서니 발레리가 기다리고 있었다. 그녀는 새삼 감정이라도 하는 듯한 눈으로 레오를 관찰하더니 대뜸 말했다.

"…당신, 안 속았지?"

"여동생이 있거든."

"헤에~ 당신, 아빠 친구지?"

"·················으응, 뭐."

"바로 대답하지 않은 걸 보면 거짓말쟁이는 아니네. 믿어도 될 것 같아. 이름은?"

발레리는 만족스러운 표정으로 작은 손을 내밀었다.

레오는 그 손을 잡으며 대답했다.

"레오나르도 워치야."

"잘 부탁해, 워치 씨."

"레오라고 불러도 돼."

"그래? 그럼 나도 발레리라고 불러도 돼. 친구 해 줄게. …하지만 친구가 됐다고 엉뚱한 생각하면 안 돼."

"안 하도록 할게."

통로를 걷다 보니.

전방에 넝마 쪼가리처럼 쓰러진 인물이 있었다.

아니면 재프와 많이 닮은 넝마 쪼가리일까. 아무튼 엎드린 자세로 엉덩이만 든 채 훌쩍훌쩍 울고 있었다.

"구겨진 걸레처럼 바닥에 널브러져서 울고 있는 건 그렇다 치고, 어째서 뒷골목이 아니라 이런 곳에서 이러고 있어요, 재프 씨?"

"너 인마아~"

일단은 항의를 하고자 비틀대며 일어나려 했지만 금방 힘없이 쓰러지고 말았다.

"아파 죽겠네…."

"나 참~ 안정을 취하라고 했잖아. 정말 손이 많이 가는 사람이네."

도움이 될지 어떨지는 모르지만 발레리는 그의 등을 문질러 주었다.

울컥한 재프가 다시 일어나려 했다.

"누가 너한테 돌봐 달라고—"

하지만 몸을 일으키자마자 발레리와 얼굴이 마주쳤고.

몸이 아픈 것인지 좀 전에 있었던 일이 생각난 것인지 힘없이

바닥에 고쳐 앉는 데서 그쳤다.

발레리는 도도하게 말을 이었다.

"남자는 여자가 돌봐 주지 않으면 금방 쓰레기가 되어 버리는 걸. 아빠는 엄마를 잃은 참이잖아. 내가 잘 돌봐 줘야지."

"……."

재프는 온갖 표정을 뒤섞어 놓은 듯한, 무척 복잡한 표정을 지었다가는.

갑자기 무언가를 떨쳐낸 듯 얼굴에서 감정을 지웠다. 눈을 감고서 고통도 잊은 듯 자리에서 일어났다.

그러고는.

"결판을 내자."

그것은 전투태세에 돌입한 그를 연상케 하는 목소리였다.

"움직여도 괜찮은 거야, 아빠?"

괜찮을 리가 없지. 레오는 그렇게 생각했지만.

재프는 적어도 겉으로 보기에는 평소와 다름없는 것처럼 보였다. 자신을 졸졸 따라다니는 발레리에게 목소리를 낮게 깔아 대답했다.

"걷는 데는 지장 없어."

혈액이 혈관에 상처를 내는 것이라면 맥이 빨라지기만 해도 괴로울 것이다.

하물며 혈법을 쓰는 것은 구태여 말할 필요도 없으리라.

의식적으로 피의 흐름을 제어하고 있는 것인지 재프는 평소보다 훨씬 차분했다. 옆에서 그를 올려다보는 발레리는 그런 태도가 매정하게 느껴졌는지, 귀찮아 할 때보다 더 불안한 눈치였지만.

그런 두 사람의 뒷모습은.

'으음, 부녀관계로 보이냐고 묻는다면….'

나이 차이 탓도 있겠지만 상당히 무리가 있을 듯했다.

그러면 무엇으로 보이는가 하면 납치범과 소녀라고 표현할 수밖에 없으리라.

분위기가 흉흉한 구획에 들어서자 더더욱 수상쩍어 보였다. 이 길을 선택한 것은 당사자인 재프였다.

"저기… 재프 씨."

"왜 불러."

"우리는 둘째 치고 발레리에게 이 근처는 좀…. 시간도 늦었잖아요."

곧 저녁이라 할 시간대가 지나 밤이 될 것이다.

큰길가에서 골목에 들어서자, 폐가가 된 아파트 현관에 수상해 보이는 녀석들이 우글거리고 있었다. 바깥세상에서 수상해

ONLY A PAPER MOON
BLOOD BLOCKADE BATTLEFRONT

보이는 녀석들을 두고 수상하다고 하면 "겉모습만 갖고 사람을 판단하면 쓰나….."라는 소리를 들을지도 모른다.

하지만.

이 도시에서 말하는 수상해 보이는 녀석들은 갑각류와 닭의 친척쯤 되는 생물이 항아리에 담긴 문어의 내장을 빨고 있거나, 산더미처럼 쌓인 하이힐 하나하나에 개구리 알을 담는 부업을 하고 있거나, 길가에서 두개골이 열린 남자들이 "좋았어!" "그럼 이번에는 핀 세 개 꽂는다!" 하고 몇 개나 꽂을 수 있을지를 두고 뇌로 지뢰찾기 같은 게임을 하고 있거나, 헨게모녠갸 코보라부츠토룬데그가 갸캬우테베텐 풍으로 가보쿠스랍파리라 하고 있거나 했다.

재프는 뚱한 말투로 대답했다.

"별수 있냐, 애슐리의 정보를 얻으려면 딱히 방법이…"

그렇게 입을 열었다가 발레리의 눈치를 보듯 말을 흐렸다.

"난 괜찮아."

발레리가 밝게 말했다.

"그래서, 엄마는 무슨 일을 했어?"

"……."

레오와 재프는 갑작스러운 질문에 대답이 궁해졌지만.

잠시 후, 그녀는 짓궂게 웃으며 입을 열었다.

"다 알아. 나도 이제 열 살이라구. 남자를 접대하는 일을 했던 거지?"

"이게…! 아아아아."

재프는 호통을 치려다 통증이 도졌는지 얼빠진 비명을 지르며 슬금슬금 물러났다.

그가 약해진 틈에 발레리는 재프의 손을 잡고 상쾌한 투로 말하기 시작했다.

"나, 커다란 집에서 살고 있어. 이름도, 그곳에서는 바마가 아니었던 것 같아. 열 살이 되자 그 집의 아빠… 그 집 사람이, 나는 사실 양녀라고 말해 줬어. 재산이 어쩌니 상속이 어쩌니 하는 어려운 이야기도. 그러더니 내가 바라면 탐정을 써서 진짜 아빠와 엄마를 알아봐 준댔어. 엄마는 금방 찾아냈어. 사진도 손에 넣었고. 하지만 아빠에 관해서는 별로 못 알아냈어."

일개 탐정이 라이브라의 구성원인 재프의 정보를 손에 넣기란 하늘의 별 따기이리라. 충분히 납득이 갔다.

"엄마 일기장에 아주 조금 적혀 있었어. 아빠 얘기가. 뭘 하고 사는지는 모르겠지만, 좋은 사람이라고."

"그 일기에 재프 씨의 이름이?"

"응. 그리고, 라이브라라는 비밀결사에서 일하고 있댔어."

"재프 씨…."

ONLY A PAPER MOON
BLOOD BLOCKADE BATTLEFRONT

진심으로 어이가 없다는 눈빛을 쏘아대자 재프는 가운뎃손가락을 치켜세우고는.

"시끄러워. 천국인가 싶을 정도로 좋은 여자였다고."

말 같지도 않은 이유를 대며 단언했다.

재프의 '결판을 내자'는 말은 애슐리의 신변을 조사함으로써 진위여부를 가리자는 뜻이었다.

애슐리에게 생전에 딸이 있었는지 어떤지. 있었다면 아버지는 누구인지.

그녀와 함께 일하는 동료에게 묻기 위해 거리로 나선 것이었는데….

"음~? 베라랑 아인? 오늘은 안 보이네. 감기라도 걸렸나?"

"아까 장례식에서 봤어. 안 왔을 리가 없을 텐데."

"그런 소리를 한들. 어떤 눈에도 안 보였는걸."

머리 주변을 빙글빙글 돌며 날고 있는 다섯 개의 안구를 가리키며 그 남자(?)가 답했다.

"다음으로 넘어가자, 다음."

그렇게 재프에게 끌려서—

"무슨 일이 있었던 걸까요."

한 시간 정도를 돌아다녀도 애슐리는커녕 동료들의 발자취조차 찾을 수 없었다.

레오는 아무리 생각해도 이상하다 생각하며 신음했다.

"설마, 이것도 봉쇄된 걸까요. 모순 블록….

"재수가 없는 것뿐이겠지."

재프는 그렇게 되받아쳤지만 얼굴에는 초조함이 배어 있었다. 손을 잡고 있는 발레리는 걸으면서 꾸벅꾸벅 졸기 시작했다.

"졸려?"

레오가 묻자 발레리는 허리를 뻣뻣하게 펴며 말했다.

"괜찮아. 아직, 그 뭐더라… 으음, 초저녁이잖아!"

"오늘은 그만 돌아가죠, 재프 씨. 발레리를 멋대로 데리고 다니고 있다는 걸 알면 본부가 불벼락을 내릴 거라고요."

"끄으응."

레오는 재프가 떨떠름해하고 있음을 직감적으로 알아챘다. 발레리의 이야기를 부정하기 위해 꾸역꾸역 나온 것인데, 오히려 보강하는 꼴밖에 되지 않는 결과가 나와 마음에 안 드는 것이리라. 모순 블록이 무엇인지는 알 수 없었지만 이렇게 광범위한 인과까지 조작한 것을 보고 나니 그야말로 진짜 초월적 존재가 간섭한 것이 아닐까 하는 생각이 들었다.

공작을 한 것이라면, 일을 꾸민 누군가가 애슐리와 함께 일하는 동료를 감금하거나 살해했을까. 하지만 베라와 아인은 행방이 묘연해진 것이 아니었고 거리에는 그녀들을 봤다는 자도

ONLY A PAPER MOON
BLOOD BLOCKADE BATTLEFRONT

있었다. 그럼에도 불구하고 도무지 만날 수가 없었다. 다른 동료가 있는 곳을 알아보는 쪽으로 탐문의 방향성을 수정했음에도 허탕을 쳤다.

사람을 심어 배치했다고 생각하기에는 범위가 너무 넓어 무리가 있었다. 재프는 오래 알고 지낸 정보원까지 찾아가 보았으나 애슐리와 관련된 정보는 손에 넣지 못했다.

그때.

스마트폰이 착신을 알리기에 불안한 예감 속에서 그것을 들여다보았다.

"봐요. 분명 질책 메일일 거예요⋯."

스티븐인가 싶었지만.

메일이 아니라 전화였다. 급한 일일까. 발신자는⋯ 크라우스?

"아, 네. 레오예요."

크라우스는 스피커 너머에서 담백하게 말했다.

"비상사태네. 자네의 도움이 필요해."

"무슨 일인가요?"

"기드로가 도주했네. 허를 찔러 불가시 필드를 재구축하여 도시에 숨어들었지."

"에⋯ 장소는 아시나요?"

"소실된 지점밖에 모르네. 이미 4분이 경과했네. 서두르게.

지도를 보내겠네."

그 말을 끝으로 통화가 끊겼다. 거의 동시에 메일이 도착했다. 기드로가 모습을 감춘 장소의 지도와 정보였다.

"뭔 일 났냐?"

상황을 알아챈 재프에게 짧게 설명하며 지도를 참조했다. 장소는, 이곳에서 반 마일 정도 떨어진 곳. 추적을 하기에는 상당히 절망적인 거리였다.

주저하는 사이.

재프가 갑자기 달려 나갔다.

"흐이이이이이익아파아아아아아아아아아!"

발레리의 손을 레오에게 떠밀고서 골목에서 뛰쳐나가더니.

큰길에서 가장 먼저 눈에 띈 차로 돌진했다.

재프가 검은 고급 외제차를 목표로 정한 것은 그것이 우연히 근처에 서 있었기 때문이리라.

문이 열린 데다 시동도 걸려 있었기 때문이리라.

그 문 앞에 검은 양복 차림의 똘마니 수십 명이 늘어선 가운데 궐련 담배를 입에 문, 노골적으로 대부스러운 초로의 남자가 올라타려 하고 있는 것은 아예 무시하기로 했기 때문이리라.

격통 탓에 울음 섞인 비명을 지르며 피로 된 칼날을 치켜든 채 덤벼드는 재프의 뒷모습을 보며—

ONLY A PAPER MOON
BLOOD BLOCKADE BATTLEFRONT

레오는 속으로 진저리를 치며 발레리의 손을 잡아끌고서 뒤를 쫓았다. 핸디캡이 있다지만 검은 양복 차림의 녀석들에게 재프가 질 것이라고는 생각지 않았다.

실제로 레오가 차가 있는 곳에 도착했을 무렵에는 재프가 운전수를 걷어차 창문 밖으로 내쫓고 있었다.

"아, 난 조수석!"

신이 나서 올라타는 발레리를 보고 있자니 말릴 생각도 들지 않아 레오는 뒷좌석으로 기어들어갔다. 차는 타이어를 얼마간 공회전시키더니 엄청난 기세로 발진했다.

"아아아아아아아프아아아아아아아아아아아!"

고통으로 몸을 떨며 핸들을 꺾는 재프에게, 옆에 앉은 발레리가 말을 붙였다.

"괜찮아, 아빠?"

"간…신히— 아슬아슬하게 정신줄 붙잡고 있을 정도로는."

그렇게 말하며 액셀을 힘껏 밟았다.

레오는 황급히 안전벨트를 하며 외쳤다.

"재프… 씨!"

"왜 불러!"

"재프 씨!"

"글쎄 왜 부르냐고!"

"……."

다음 말이 좀처럼 떨어지지 않는 것은 발레리의 앞이라는 이유도 있었지만.

묻기가 무서웠다. 그리고 묻기 전에 스스로에게 확인해야만 할 것도 있었다. 그것을 자문하며 입을 열었다.

'물어서… 뭘 어쩌자고?'

의미가 없다. 하지만 물어야만 한다.

"뭘 어쩔 생각인지는 말해 주세요."

떨리는 손으로 시트에 달린 헤드레스트를 붙잡았다. 재프가 고통 섞인 비명을 지르며, 폭주하는 차보다 심하게 몸부림치는 움직임이 시트를 잡은 손을 통해 전해졌다.

입 안에 쓴맛이 퍼지는 것을 느끼며, 레오는 말을 이었다.

"잡으러 가는 거예요? 아니면 이 기회에 죽이러 가는 거예요?"

"물어봐서 뭐 하게."

자문했던 것과 완전히 같은 말로 재프가 되물었다.

"몰라요. 하지만 말해 주세요."

"네가 안 찾아 주면 아무 것도 못 해. 내 답이 마음에 안 들면 저지할 거냐?"

"어느 쪽이 되었건 모르는 상태로 하기는 싫어요."

레오는 거울 너머로 재프를 바라보았다.

ONLY A PAPER MOON
BLOOD BLOCKADE BATTLEFRONT

재프 역시 레오의 얼굴을 본 채 입을 다물었다.

침묵의 폭주가 이어졌다.

도로를 고속으로 내달려 좌로 우로 다른 차를 피했다. 구동과 제동의 협주가 울려 퍼졌다.

길턱에 타이어가 닿아 요란하게 차체가 튀어도 재프는 멈추지 않았다. 목적지가 코앞이었다.

긴박한 분위기 속에서 입을 연 것은 발레리였다.

"좋은 친구한테는 똑바로 대답을 해 줘야 해, 아빠."

재프는 무시하는 것처럼 보였지만 운전석에서 곁눈질로 그녀를 쳐다본 것을, 레오는 알아챘다.

"정말로 중요한 건 얼버무리면 안 돼."

이번에도 무시했지만 그 대신 이를 악물었다.

"아빠가 동네 깡패였대도 내 사랑은 변함없었겠지만, 아빠한테는 나 말고도 친구가 필요하잖아? 그런 것도 몰라?"

"시끄러워어어어어어어망할꼬맹―"

그 호통을.

발레리는 듣고 있지 않았다.

순식간에, 빠르게 눈을 십여 차례 깜박이더니 속삭였다.

"스포일러 타임."

'이 아이의 의지로 말하는 게… 아닌 건가?'

레오의 관찰안은 그녀의 표정과 억양이 설교할 때와는 다르다는 것을 간파해냈다.

"이 길로 직진. 300미터 앞에서 우회전."

눈을 깜박이던 것은 멈췄지만 발레리는 그대로 굳어 버린 듯 움직이지 않았다. 타임인지 뭔지가 끝나지 않은 것일까.

재프가 급브레이크를 밟아 차를 세웠다. 그러고는.

"레오. 내려."

감정을 죽인 목소리로 말했다.

"…네?"

어안이 벙벙해진 레오에게 거듭해서.

재프는 백미러를 향해 있던 고개를 돌린 뒤였지만 그럼에도 표정이 어둡다는 것이 느껴져, 목 뒤에 소름이 돋았다.

재프는 말을 이었다.

"확실히, 이건 내 문제야. 너한테 시키기에는 꺼림칙한 일이라고."

"그런 이야기를 한 게―"

"내려. 제발."

레오가 반박하기도 전에.

코끝에 피로 된 칼날이 다가와 있었다. 재프의 기술은 평소처럼 빠르고 정교…하다고 하고 싶었지만.

ONLY A PAPER MOON
BLOOD BLOCKADE BATTLEFRONT

칼날이 격통 탓에 떨리고 있는 데다 어쩐지 탁해 보이는 것이 평소 재프가 선보여 왔던 혈법과는 전혀 비교도 되지 않았다.

"이런 상태로는… 갱들은 물리칠 수 있어도 그 마술사를 상대하는 건."

"그럴지도 모르지. 하지만 어떻게든 되겠지."

눈의 능력을 사용하면 그를 말릴 수 있을까.

당연히 그 생각도 해 보았지만 지금 재프의 시야를 교란한들 그 다음이 막막했다. 두들겨 팰까? 본부에 이를까? 옳다는 생각이 드는 선택지가 하나도 없었다. 재프를 괴롭게 하고 싶지도 않았다.

결국 안전벨트를 풀고 문을 열어 차에서 내렸다.

차가 출발했다. 진로를 막은 택시를 상대로 요란하게 울린 클랙슨이 말없는 항의처럼 들렸다.

어쩌면 분풀이일지도 모른다.

무심결에 그런 생각을 한 자신이 미웠다.

'…이대로 손 놓고 있을 순 없어!'

무엇을 해야 할지는 모르겠다. 하지만 결코 물러서지는 않는다.

그러한 마음가짐을 이 도시에 와서, 벼랑 끝에 서서 저항하는 초인들을 보고 배웠다.

아직 자신에게는 긍지라 할 것이 없었지만. 포기하고 싶지는 않았다.

레오는 몸을 돌려 밤의 길거리를 둘러보았다.

재프와 마찬가지로 제일 처음 눈에 띈 자전거로 돌격했다.

정면에서 붙잡아, 온 힘을 다해 멈춰 세우고는 탑승자에게 고개를 숙였다.

"이것 좀 빌릴게요!"

"어… 어어~…?"

"반드시 돌려드릴게요!"

"그… 그래~ 어떻게 돌려줄 셈인지는 모르겠는 데다 뭘 보고 믿으라는 건지도 모르겠지만, 암튼 알겠어~"

얼굴은 눈으로 익혔으니 나중에 거리를 뒤져 보면 찾을 수는 있으리라. 그렇게 설명을 할 시간은 없었지만.

어쨌든 사람 좋아 보이는 달팽이 인간에게서 자전거를 빌린 레오는 곧장 재프를 쫓아 페달을 밟았다. 재프 일행이 탄 차는 시야에서 사라진지 오래였지만 난폭 운전을 한 차량이 지나간 흔적을 추적하면 그리 어렵지 않게 찾을 수 있을 것이다.

문제는 자전거도 달팽이 인간의 몸에 맞춰 상당히 일그러져 있다는 점이었지만. 죽어라 페달을 밟아 밤거리를 질주했다.

재프의 폭주 운전 탓도 있을 테지만, 사이렌 소리가 요란해진 것은 기드로를 찾는 일에 장갑 순찰차를 동원한 탓이 클 것이다.

달리던 중, 또 전화가 왔다. 크라우스였다. 한손으로 꺼내 받았다. 운전 중 통화는 위험한 짓이었지만 지금은 별수 없었다.

"네. 레오입니다."

"8분이 경과했네. 자네는 현장에 도착했나?"

"그게… 거의 다 오기는 했는데, 아직이요."

"적의 위치를 특정해 주었으면 하네. 적이 알아채지 못하도록. 아직 도착은 안 했지만 K. K가 그리로 가고 있으니 발견하면 우선 그녀에게 말해 주게나."

"알겠어요."

전화를 끊고서 다시 가속했다.

계속해서 생각했다. 기드로를 찾아낸다 해도 라이브라에게 알리면 재프와 마주칠 지도 모른다. 뭐, 기드로가 도망 중인 이 상황에서라면 — 그리고 현장으로 오고 있는 것이 K. K라면 재프의 행동을 탓하지 않으리라. 아마도. 크라우스라 해도 분명 묵인할 것이다.

'나도 어떻게 해서든 막고 싶지는 않아….'

하지만 그게 정말 옳은 일인가 하는 것은 별개의 문제다.

무엇을 하려고 자전거 페달을 밟고 있는지 갈수록 알 수가 없었다.

기드로의 행방을 찾는 것과 재프를 추적하는 일을 병행하던 중, 그 두 가지 사안의 흔적이 겹쳐지고 있음을 알아챘다. 역시 발레리의 '스포일러'가 재프를 적이 있는 곳으로 이끌어 주고 있는 모양이었다.

레오의 시야는 인간의 한계를 뛰어넘은 수준까지 확장되었고, 그 광대함에 비해 느리기만 한 자신의 다리에 화가 날 지경이었다. 이윽고 여러 차례 페인트를 써서 기만 작전을 펼치고 있는 기드로를 보려하기 보다는 재프의 차를 쫓는 편이 빠르겠다고 판단을 내리고는 페달을 밟는 데 집중했다.

재프의 차는 망설임 없이 달리고 있었다. 복잡한 뒷골목을 대형차로 돌아다닌 탓에 차체는 너덜너덜했다.

이윽고 거의 벽에 충돌한 것이나 다름없는 모양새로 정차한 곳에서.

"…아 뜨거."

은신술을 꿰뚫어보거나 여러 개의 목표에 집중한 탓에 눈이 빨리 달아올랐다. 능력의 한계가 찾아온 것이다.

먼 곳을 내다보기를 그만두고 마지막에 차가 멈춘 장소를 향해 있는 힘껏 달렸다.

우측으로 꺾고 왼쪽으로 돌아들어.

ONLY A PAPER MOON
BLOOD BLOCKADE BATTLEFRONT

앞부분이 대파된 고급차를 지나쳐 — 더 깊은 골목길로.

예리하게 절단된 아스팔트에 타이어가 낄 뻔하는 바람에 멈춰 섰다.

격렬한 전투의 흔적이 남아 있었다. 분명 전투 그 자체는 찰나의 순간에 끝났을 것이다. 소리조차 나지 않았을지 모른다. 재프가 칼날을 그은 흔적이 벽이며 골목에 수없이 새겨져 있었다.

쓰레기가 담긴 상자며 건물 뒤편에 버려진 사무용구, 그런 잡동사니들도 단면을 드러내고 있었다. 비상계단도 비스듬히 베여 그네처럼 흔들리고 있었다. 본래는 쌓여 있었을 듯한 잡지도 조각조각 썰려 종잇조각이 허공을 떠돌고 있었다.

발레리가 넋이 나간 채 서 있었다. 그녀는 멀쩡했다.

그런 그녀의 발치에. 재프가 큰 대자로 뻗어 있었다. 꼴이 말이 아니었다. 몸 이곳저곳에서는 피가 났고, 상처를 입지 않은 피부도 검붉게 변색되어 있었다. 내출혈이다. 약한 혈관부터 터지기 시작한 것이리라.

그리고.

골목 한복판에, 재프가 피로 짠 그물에 걸린 채. 기드로가 매달려 있었다. 기절한 상태였다.

"…안 죽이셨군요."

레오가 중얼거리자.

"아냐. 힘이 모자랐던 것뿐이야…."

재프가 쓰러진 채 얄밉게 콧방귀를 뀌었다.

부상의 정도만 보면 재프 쪽이 더 심각한 듯했다. 말도 겨우 쥐어짜낼 정도라 몇 초를 기다려야 대답을 들을 수 있었다.

이제 손가락도 못 움직이겠는지 쥐고 있던 라이터가 달칵, 하는 소리를 내며 떨어졌다.

"뭐, 구렁이를 삼키면 나을지도 모른다며. 삼켜 주겠다 이거야. 너도 삼키는 거다."

"아니, 저는."

그때.

문득 발레리가 움직였다. 한 걸음 앞으로 나아간 것이다.

그리고 레오는 그녀가 빠른 속도로 눈을 깜박이는 것을 보았다.

발레리는 그대로 쓰러진 재프를 넘어 걸었고— 그 앞에는 공중에 매달린 기드로가 있었다.

이상하게 여긴 재프가 얼굴을 찌푸리며 말했다.

"…야. 가까이 가지 마. 그 녀석이 정말로 정신을 잃었는지 어떨지 모를 일이니까."

하지만 말한 직후, 재프도 알아챈 모양이었다.

ONLY A PAPER MOON
BLOOD BLOCKADE BATTLEFRONT

의식이 없는 것은 발레리 쪽이었다. 제지하는 말도 듣지 않고 망설임 없는 발걸음으로 마술사에게 다가갔다.

그녀가 중얼거리는 소리가 희미하게 들렸다.

"스포일러 타임. 나는 발레리."

"잠깐!"

재프는 외쳤지만 움직일 수가 없었다. 레오도 손을 뻗으며 달렸지만, 발레리는 이미 몇 걸음 떨어진 곳에 있었다.

레오는 불과 몇 차례 땅을 박차는 그 시간 동안, 슬로모션 화면 속에 들어온 듯한 갑갑함을 맛보아야만 했다. 완만하게만 느껴지는 몸의 움직임에 비해 그의 시각은 소녀의 앞에 도사리고 있는 파멸을 넌더리가 나도록 또렷하게 예측하고 있었다.

속박된 듯 보였던 기드로의 눈이 그녀를 보고 있었다. 그 얼굴에 사악한 미소가 떠오르는 것을 레오는 보았다.

'…늦었어!'

기드로가 어째서 기뻐하는 것인지도 간파해 냈다. 발레리를 인질 삼아 형세를 역전시킬 셈이다. 재프는 더 이상 움직이지 못하니.

'녀석의 시야를—'

레오는 순간적으로 적의 시각을 지배할 수 있는 자신의 능력을 개방했다. 기드로는 감각이 뒤엉켜 동요했으리라.

하지만 그뿐이었다. 0.5초. 혹은 몇 초 정도는 시간을 벌었을지 모른다. 하지만 레오도 걸음을 멈추고 말았다. 그러는 동안에도 발레리는 기드로를 향해 나아갔다. 심지어 제 입으로 이름까지 대며. 이름을 들은 기드로가 무슨 저주를 걸지 모를 일이었다….

"으오아아아아아아아!"

탁한 기합성이 고막을 찌르기에 레오는 무심결에 뒤를 돌아보았다.

느껴진 것은 그 고통으로 뒤틀린 듯한 목소리뿐이 아니었다. 열기 또한 느껴졌다. 재프가 일어나 있었다. 위풍당당하게…라는 표현과는 거리가 멀었지만. 온몸에서 피를 뿜어 대며, 휘청거리며, 간신히 몸을 땅바닥에서 떼어 냈을 뿐인 듯 보이는 몰골로.

하지만.

그 피 중, 딱 한 줄기가 흐름을 거스르는 것이 보였다.

이미 한계를 넘은지 오래다. 죽었다고 보는 것이 자연스러운 상태이리라.

섭리를 거슬러 흉기가 된 재프의 칼날은, 레오가 지금껏 보아온 것들 중에서도 가장 볼품없었지만.

시선을 다시 돌려 보니 발레리도 멈춰 서 있었다. 의식이 돌아온 것인지 눈이 휘둥그레져서 당황스러운 표정을 짓고 있었다.

발레리의 얼굴 옆을 스치다시피 해서.

아찔한 최단거리로, 재프의 칼날이 기드로의 몸을 꿰뚫었다.

불꽃에 휩싸여 잿더미가 되어 가는 기드로의 몸을 등진 채. 폭풍(爆風)에 떠밀린 발레리를 레오가 간신히 붙잡았다. 참상을 보지 못하도록 감싸 안으려 했지만….

애초부터 그녀는 재프의 모습만을 보고 있었다. 어떤 의미에서는 불타 버린 기드로보다 훨씬 처참한 모습이었지만. 발레리는 그런 재프에게서 눈을 떼지 않았다.

"아빠…."

그녀의 목소리를, 과연 재프는 들었을까. 레오로서는 알 수 없는 일이었지만.

어찌 되었건. 이 소녀와 피투성이가 된 남자는 완전히 동시에 정신을 잃었다.

"저 녀석의 스포일러인지 뭔지에 따라 녀석을 잡았습니다. 솔직히 누워서 떡먹기였죠. 녀석의 위치, 행동 패턴, 도망칠 길목까지 전부 정확하게 알려 줬으니까요."

또다시, 라이브라 사무실에서.

이번 회합은 재프의 치료가 끝나기를 기다렸다가 몇 시간 후, 거의 동이 터올 무렵에 시작되었다.

보고는 재프와 레오가 각자 한 번씩 했다. 각자 다른 방에서 하지 않았으니 심문은 아니었다. 다행히도 이번 경우에는 기드 로를 죽인 일을 재프의 실수로 보는 자는 없었다.

그에 관해서는 레오도 솔직하게 그렇게 보고했다. 기드로의 숨통을 끊은 것은 발레리를 구하기 위해서였다.

미팅에 나온 것은 크라우스와 스티븐이었지만 분위기가 어제 처럼 평온하지는 못했다. 스티븐이 뒷목에 손을 댄 채 몇 번이 나 거듭 자문했는지 모를 의문을 입에 담았다.

"그녀의 목적은 뭐지?"

"그녀…라기보다는."

레오가 쭈뼛거리며 중얼거리자 스티븐도 고개를 끄덕였다.

"그렇군. 스포일러라는 것이 소녀의 의도에 의한 것이 아니 라면 그건 대체 누구의, 무엇을 위한 행동일까."

침묵 속에서.

재프가 느릿한 동작으로 손을 들었다. 저주에서 해방된 데다 응급조치도 받아 회복 중이기는 했지만 아직 육체적 손상은 남 은 상태라 답답해 보였다.

하지만 눈에 깃든 어두운 감정은 그 이상으로 무거워 보였다.

ONLY A PAPER MOON
BLOOD BLOCKADE BATTLEFRONT

"이 건으로 득을 본 건, 그 누구도 아닌 전데요."

"그렇게 간단히 단정 지을 일이 아냐. 기드로의 증언을 막으려는 누군가일 가능성도 있어."

"그런 것치곤, 제가 아니면 알아먹을 수 없는 크리티컬한 정보가 너무 많잖아요."

"그럴지도 모르지만…."

논리적인 문제는 둘째 치고, 스티븐은 재프의 눈빛을 보고 반론하기를 포기한 듯했다.

미팅은 결론이 나오지 않은 채 끝났고 재프는 다시 치료를 하러 갔다. 레오도 뒤를 따랐다.

이제 곧 날이 밝는다.

발레리의 신체검사를 목적으로 구색을 갖추기 위해 설치된 이 의무실은 완전히 재프 전용으로 사용되고 있었다. 하지만 발레리도 누워 있기는 했다. 그 자리에서 쓰러진 뒤로 의식을 되찾지 못한 것이다.

의사는 혼수상태는 아니니 그리 걱정할 것 없다고 했다. 그냥 지친 것뿐일 것이라고.

그러나 그녀는 이제 단순한 존재라 할 수가 없었다. 라이브라 내에서 발레리의 중요도가 한 단계 높아진 듯 보였다.

정말 10년 후의 미래에서 온 소녀일 수 있다는 '가능성이 낮은 가설'이 '가능성이 높은 가설'로 변한 것이다. 확정하기에는 모자람이 있어도 상황증거가 갖춰졌다. 라이브라는 초상현상과 맞서기 위해, 종종 합리적인 의심이 남은 상태라도 판단을 내리고는 했다.

의무실에서 잠든 소녀와 같은 병실을 쓰는 또 한 명의 환자를, 레오는 번갈아 보았다. 재프는 의자에 앉아 붕대를 감는 간호사에게 몸을 맡기고 있었다. 아무 것도 보지 않고, 아무 것도 느끼지 않고 그저 그곳에 있을 뿐이었다.

"저주는 없어졌군그래~….."

수염 난 의사는 다소 아쉬운 눈치였다.

자네마저 안 삼켜 주면, 대체 누가 저 많은 슨규기베우라루 문구렁이 풍 생물을 삼키냐는 말이야, 하고 가볍게 푸념을 하기는 했지만 당사자인 재프가 상대를 않자 곧 입을 다물었다.

하지만 그래도 아무 말도 않자니 거북했던 것이리라. 그는 따라왔던 레오를 보며 소견을 늘어놓았다.

"튼튼하기도 하구만~… 저주를 되받아치기는 했어도 즉사하고도 남을 상태였던 것 같은데 말이지~… 안정을 취하래도 말을 안 듣는구만~… 자네들은."

"아뇨, 저는 그게, 상당히 평범한 편인데요."

"난 이런저런 곳을 전전해 왔지만, 이곳은 꽤 마음에 드는구만~….”

“그러세요?”

“편해서 좋아~… 살려 놓기만 하면 툴툴대지도 않고 말이야
~….”

“살려 줬는데도 불평을 하는 경우도 있나요?”

“헤헷.”

수염 난 의사는 몹시 우스운 소리라도 들은 듯 웃었다.

“죽을 게 뻔한 걸 살리기 위해 위험이 따르는 방법을 취했다
고 고소당하고, 그렇게 안 해도 고소당하고. 바깥세상이 훨씬
더 이매망량투성이가 아닐까 싶은 일도 있거든~….”

“의료 소송 말씀이신가요?”

잡담인 줄 알고 계속 건성으로 맞장구를 치고 있었더니 조금
신경이 쓰이는 화제가 나와 버렸다.

의사는 수염을 손가락으로 당기며 중얼거렸다.

“바깥세상이 불편했던 나 같은 녀석에게, 대붕괴는 하늘이 내
린 은혜 같은 것이었지이. 인간이 오랜만에 인간 님이 아니게
됐으니까.”

으스스하게 일그러진 목소리로 말하며 어깨를 들썩였다.

“겉만 번드르르한 말을 관두고, 체면을 가리지 않게 되었다
고. 괴물이 구멍에서 튀어나왔다며 난리였지만, 인간도 괴물이

되어 버렸어~… 무서워라~….”

　그러고는 퍼렇고 맨들맨들한 슨규기베 이하 생략을 꺼내, 넋을 놓은 재프의 입에 욱여넣으려다 재프에게 얻어맞고 바닥에 쓰러졌다.

　“이 망할 의사가.”

　의자에서 일어나 침을 뱉었다.

　뭐, 재프가 정신을 차렸으니 이건 이것대로 치료라 할 수 있을지도 모른다. 슨규 이하 생략이 엄청난 기세로 바닥을 기어 통풍구로 도망친 것이 약간 불안하기는 했지만.

　“당신 쪽은 이제 괜찮아요.”

　간호사가 그렇게 말하자 재프의 표정이 다시 어두워졌다. 그는 아직 누워 있는 발레리를 쳐다보며 입을 열었다.

　“…저쪽은?”

　“곧 정신을 차릴 거예요.”

　“정신을 차리면—”

　알려 줘, 라고 말하려 했으리라.

　하지만 말하지 않고 몸을 돌렸다.

　“아니, 됐어.”

　그렇게 발레리의 침대를 지나쳐 의무실을 뒤로 했다.

　레오도 그의 뒤를 따라 나갔다.

ONLY A PAPER MOON
BLOOD BLOCKADE BATTLEFRONT

한 발짝 늦게 통로에 나와 보니 재프는 다섯 걸음 정도 앞에 있었다. 종종걸음을 쳐서 후다닥 떠나고 있었다. 레오도 뛰어서 쫓아갔다.

재프는 일단 빌딩 출구로 향하려 했다. 레오는 그렇다는 사실을 알아채고 걸음을 멈췄다. 어차피 돌아올 것이라는 예감이 들었다.

5초 후.

예상했던 대로 재프는 돌아왔다. 그러더니 스쳐지나가면서 레오의 어깨를 두드리며 말했다.

"그 뭐냐, 잠깐 좀… 따라와라."

아무도 없는 사무실 창문을 활짝 열고 거리를 내다보았다.

장관이었다. 아침 해가 떠올라 이 안개의 도시를 밝게 비추었다.

기류가 높은 빌딩들 사이를 누비며 피리 같은 소리를 냈다.

기기괴괴(奇奇怪怪)한 마가 어지러이 뒤섞인 헬사렘즈 로트도 예리한 바람을 받아 몸을 움츠린 듯 보였다.

재프는 창틀에 기대어 담배를 꺼냈지만 결국 불을 붙이지 않고 다시 집어넣었다.

"너도 여기 온 지 꽤 됐지?"

"네에."

"적응은 좀 됐냐?"

"적응이 됐다 싶으면 다음날에는 처음 보는 생물한테 습격을 당해서….

"그렇지. 뭐, 나도 그래. 뜻밖의 일들이 눈코 뜰 새 없이 터지지."

힘껏 기지개를 켜는 듯한 자세로 말했다.

상쾌한 아침이었지만 재프의 표정은 밝지 않았다.

"심심할 일은 없어서 나름 만족하고 있어. 저 돌팔이랑 마찬가지로. 바깥에서 사는 모습은 상상도 안 돼."

굳이 능력을 쓰지 않아도 재프의 눈이 어디를 보고 있는지 알 수 있었다.

무슨 말을 하고 싶은 것인지도.

재프는 심호흡을 하더니 말을 이었다.

"내일 어떻게 될지 같은 건 생각해 본 적도 없었는데 말이지."

"싫으세요?"

"아앙? 느닷없이 빌어먹게 건방진 데다 귀여운 구석이라고는 하나도 없는 꼬맹이가 튀어나와서는 이 프리덤 대제(大帝) 재프 님을 귀찮게 한 거? 뭐, 그건 말이지."

"뭐… 받아들이기 힘드시겠죠."

레오는 일단 동의하며 쓴웃음을 지었다.

"하지만 발레리는, 재프 씨를 아버지라고 믿고 엄청 따르고 있는데요."

"그게 귀찮다는 거라고."

한차례 신음소리를 흘리고 나서 눈을 감았다.

"요컨대 말이야."

그는 뜬금없이 말했지만, 아마도 머릿속으로 몇 번이나 반복했던 말이리라.

실소와 함께 코를 문지르며,

"이렇게 된 거잖아. 저주 때문에 10년 동안 개고생하던 내가, 저 꼬맹이한테 필요한 정보를 심어서 저주를 건 장본인을 죽일 유일한 기회를 만들기 위해 보냈다…."

"발레리의 이야기와 아귀가 안 맞으니 스티븐 씨네도 그게 결론이라고는 생각하지 않을 것 같은데요…."

"나, 그렇게까지 쓰레기가 되어 버리는 걸까…?"

"…딱히 재프 씨가 아니더라도 10년이나 괴로워하면 누구든…."

위로의 말은 바람에 쓸려 사라졌다.

잠시 침묵이 흐른 뒤, 재프가 말을 꺼냈다.

"10년 후, 여긴 어떻게 될까."

"상상도 안 되네요."

"세계는 지금 모습 그대로일까. 다른 장소에도 구멍이 뚫려 버릴까. 혈계의 권속—블러드 브리드는 몇 명 줄었을까? 아니면 늘었을까? 아무리 그래도 36번가 일대의 버거 전문점 전쟁은 결판이 났겠지⋯. 그 오가닉 두부 할망구들, 지금은 쳐 죽이고 싶을 정도로 밉지만 전쟁이 끝난 모습을 상상해 보니, 그렇게 나쁜 녀석들은 아닐 것 같다는 생각도 드는구만⋯."

"안 변할 것 같은 것도 잔뜩 있어요."

"그래⋯. 크라우스 보스는 지금 모습 그대로이려나. 뒈지지 않으면 좋으련만."

"라이브라는 어떻게 될까요."

"뭐, 언제 전멸해도 이상할 것 없지만서도."

재프는 사무실 쪽을 쳐다보았다.

아무도 없는 사무실은 어둡고, 당연히 고요했다.

이곳에는 아무도 없어도 활동 중인 스태프는 있을 것이다. 하지만 언젠가는 정말로 이곳에 아무도 남지 않을 날이 오지 않으리라는 보장은 없었다.

레오도 눈으로 좇으며 본론으로 돌아갔다.

"크라우스 씨네는, 이번 일을 상당히 경계하는 눈치였어요."

평소 같았으면 몸을 웅크린 채 컴퓨터 화면과 마주하고 있을

그의 모습이 없었다.

미팅 후, 일단 해산하기는 했지만 아마 발레리가 눈을 뜰 즈음에 맞춰 돌아올 생각이리라.

"미래의 정보를 가지고 있는 건 둘째 치고, 역사를 바꾸기 위해 보낸 거라면. 그리고 그 방법을 재현할 수 있다면 터무니없는 일이 벌어질 테니까요…."

역사 개변 자체가 새로운 혼란을 초래할 가능성도 있었다. 하지만 그 이전에 전국을 배경으로 한 대항쟁으로 번질 수도 있었다.

과거를 수정할 수 있다는 것이 알려지면. 인간의 욕망은 더욱 깊어지리라. 선한 방향으로건 악한 방향으로건 한도 끝도 없이.

…라이브라라 해도 폭주할지 모르는 흉악한 정보다.

"그러니 어떻게 해서든 진위여부를 확인하고 싶은 모양이에요. 아마 친자 감정도 시작했을 걸요."

"결과 나오려면 며칠 걸리잖아."

"일주일 정도 걸리려나요."

그다지 자세히 알지는 못했지만 형사 드라마에서 본 바로는 그 정도였던 것 같았다.

본인에게 동의 여부도 묻지 않았겠지만, 재프는 그에 관해서는 굳이 언급하지 않았다. 말해 봐야 소용없을 것이라 생각하는 것이리라.

라이브라는 때때로, 한없이 낙천적인 조직이었다. 그리고 한편으로는 터무니없이 혹박한 조직이기도 했다.

인류 세계를 유지시킨다는 명분은 무적이다. 다른 생각이 끼어들 여지조차 없다. 그리고 그것을 위해서라면 희생도 마다하지 않을 것이다. 비도하고 극악한 일마저도 감내할 것이다.

레오가 이 조직에 소속된 지도 제법 되었지만 아직도 전모를 파악하지 못했다. 크라우스 역시 모든 것을 다 파악하고 있지는 않으리라.

"…그만 돌아갈까."

재프가 중얼거리자 레오는 고개를 끄덕였다.

10년 뒤의 일에 대해 생각을 하는 것은 아침 햇살 속에서 꿀꿀한 이야기나 하는 것만큼이나 덧없는 일일지도 모른다.

뒤를 돌아보니 그곳에서 작은 그림자가 기다리고 있었다.

재프의 눈이 방의 어둠에 익기까지는 다소 시간이 걸렸다. 레오는 그렇지 않았지만, 말을 붙여야 할 것은 자신이 아님을 알아채고는 입을 다물고 있었다.

"아빠."

발레리의 머리카락이 사무실로 들이친 바람에 나풀댔다.

ONLY A PAPER MOON
BLOOD BLOCKADE BATTLEFRONT

스포일러. 크라우스가 마음에 걸린다고 했던 단어. 확실히 그 순간 그녀가 지은 미소에서는 멋진 여자가 될 징조가 엿보였다.

"정신이 들긴 했는데, 여긴 병원이 아니라 식사 제공이 안 된대. 엄청 배고픈데."

재프는 그 모습을 가만히 쳐다보다가는.

다가가서 퉁명스럽게 그녀에게 말했다.

"그러면… 먹으러 나가 볼까. 뭐든 있겠지."

3 — Without your love, It's a melody played in a penny arcade.

"아니, 대체 어떻게 하면 주말 동안에만 피자 상자가 이렇게까지 쌓일 수가 있는 건데?! 곧 있으면 천장에 닿겠네!"

"아, 글쎄~ 아까 말했잖아. 금요일은 혼자 두 판 주문하는 게 뉴욕의 법도라고."

"뭐야, 그 풍습! 이래서 붕괴 이전에 태어난 사람들은 글러먹었다니까! 게다가 두 판 정도가 아니잖아, 이거! 동거인 허락도 없이 방에 기둥 세우지 마!"

그 피자 상자 기둥을 걷어차 쓰러뜨린 소리인지 무언가가 무너지는 소리와 거기에 깔린 양아치의 "우와아~"라는 비명소리가 들려왔다.

까놓고 말해서, 이 공동생활은 시작한지 두 시간 만에 붕괴된 상태였다.

이미 닷새가 경과했지만. 라이브라가 준비한 것은 방 네 개짜리 고층 맨션으로 주거환경으로는 썩 나쁘지 않은 물건이었다. 가구도 모두 갖춰져 있어 생활감이 느껴지는 것이, 아무래도 주민이 실종돼서 급매로 나온 방을 매입한 것이 아닌가 하는 생각이 들어 미묘하게 꺼림칙하기는 했지만.

에어컨은 당연히 설치되어 있었고 오토록, 바 카운터, 시스템키친에 호화 AV설비까지, 그야말로 있을 것은 다 있는 곳이었다. 하지만 재프는 침실도 쓰지 않고 거실에 잠자리를 만들고(여자도 없는데 뭐 하러 침대까지 기어가서 자냐?), 쓰레기는 방구석에 버리니 그나마 다행이라 할 수 있었으며(그치?), 기본적으로 알몸으로 돌아다니는(자기 전에 벗은 게 안 보여서 그런다, 왜) 등의 행동으로 첫째 날부터 발레리의 입에서 새된 비명을 쥐어짜냈다.

원래는 라이브라 본부에 감금이라도 해 두고 싶었을 터인 발레리를, 방까지 준비해 재프에게 돌보게 해도 되는 것인지─고민이 많았으리라. 발레리의 봉쇄된 기억에서 조금이라도 정확도가 높은 정보를 얻기 위해서는 조금은 그녀를 자유롭게 풀어 두는 편이 낫다고 판단한 모양이었다. 다만, 지금까지 닷새 동안 그녀의 '스포일러 타임'은 찾아오지 않았다. 확인해 보니 그녀는 트랜스 상태 중의 기억이 애매한 모양이었다. 무슨 일이 있었다는 것 정도는 알아도 구체적으로는 기억하지 못했다.

상부의 명령으로 이 공동생활에 레오까지 끼게 된 것은, 그녀가 조금이라도 마음을 허락한 듯 보였기 때문이리라.

며칠간 호화로운 생활을 즐기며 상태를 살펴 주게나. ─라는 말을 듣기는 했으나, 실제로 와 보니 우아한 생활과는 다소 거리가 있었다. 발레리의 설교가 재프뿐 아니라 레오에게까지 빗발치는 경우도 있었다(빨래는 제 때 제 때 내 놔. 팬티 같은 거 창피하다고 숨기지 말고. 다 큰 어른이 왜 그래?). 기껏 홈시어터가 있건만 재프가 거실을 점령하고 있는 탓에 쓸 수가 없다는 것도 불만이었다.

라이브라의 스태프가 이곳을 감시하고 경호하고 있다. 레오는 그것이 누구인지도 모르지만, 같은 건물 어딘가에서 잠복 중인 모양이었다.

그러한 이유로 방도 약간 개조된 상태였다.

테라스는 있었지만 창문은 와이어가 쳐진 강화 유리. 그리고 열리지 않도록 개조가 되어 있었다. 라이브라의 소행이리라. 불쾌하기는 할 테지만 도청도 하고 있어, 라는 이야기를 스티븐에게 듣기도 했다. 발레리에게는 말하지 않았고 재프는 신경도 안 쓰는 눈치였지만.

레오가 자신의 보금자리에서 얼굴을 내밀어 보니 거실에서 발레리와 재프가 쓰레기를 서로에게 던지며 말다툼을 벌이고 있었다.

"뭔 짓거리야, 이 꼬맹이! 상자 모서리에 맞으면 의외로 아픈 거 모르냐, 인마!"

"본인이 쌓아올린 고통이잖아! 아, 뭐야, 이거. 먹다 남은 거 상자에 넣어 두지 말라고 입이 닳도록 말했잖아!"

"네가 말하면 다 그대로 되냐?! 신이라도 되냐?!"

어지럽게 하늘을 나는 쓰레기 탓에 방은 더더욱 어질러졌지만….

레오는 그것을 지나쳐 부엌에 들어가 냉장고를 열었다.

만화에서나 볼 법한 깨문 흔적이 있는 치즈덩어리와 캔 맥주가 냉장고 안에 꽉꽉 차 있었다. 틈새에 간신히 자리 잡은 오렌지 주스병을 집어든 채 컵을 찾았다. 쓰레기통은 물론이고 싱크대에까지 빈 캔이 쌓여 있었지만 그것을 밀쳐내고 안쪽에 있는 컵을 끄집어냈다. 그리고 수돗물로 헹구고서 주스를 따랐다.

"하아…."

빈 병을 빈 캔더미 옆에 놓고. 주스를 다 마신 컵을 다시 헹궈, 다음에는 조금이라도 찾기 쉽도록 캔에서 떨어진 장소에 두었다. 그래봐야 다음에 필요해져서 찾을 때 이곳이 쓰레기에 파묻히지 않으리라는 보장은 없지만.

거실로 돌아와 말했다.

"또 장 좀 봐 와야겠네요."

"엉? 맥주 아직 남았잖아."

"맥주 밖에 없거든요?"

"…헤에."

어째 알아듣지 못할 말이라도 들은 사람처럼 재프가 얼빠진 목소리로 답했다.

"아 진짜… 늘 이래? 정말 이렇게 살아? 건국의 아버지가 추구했던 게 이거야?"

피자 상자더미에 몸이 거의 파묻힌(싸움에서 진 모양이다) 발레리가 신음하듯 말했다.

레오가 꺼내 주자 그녀는 몹시 지친 듯 털썩 무릎을 꿇었다.

"경악스러워. 뭐야, 이 생물은. 어떻게 키워야 해?"

"슬슬 적절한 약품을 개발해 인가를 내줄 때가 된 것 같은데 말이죠."

"오. 너 이 자식, 그쪽에 붙는다 이거지? 평생 후회하게 해 주지."

따닥따닥 잇소리를 내며 위협해 오는 생물은 내버려 두기로 하고.

레오는 탄식했다.

"어쨌든 장 좀 봐 올게요. 뭐 필요한 거 있어요?"

"맥주."

"냉장고에 더 넣을 데도 없어요."

ONLY A PAPER MOON
BLOOD BLOCKADE BATTLEFRONT

"미지근한 걸 마시고 싶을 때도 있다고."

"냉장고 채우고 남은 게 그쪽 방에 있거든요?"

재프가 사용하지 않고 있는 침실을 가리켰다.

그쪽을 쳐다보는 재프의 표정으로 보아하니, 또 오기가 발동한 모양이었다. 생떼 쓰는 어린애가 따로 없다.

"…그래도 맥주. 장 보러 갔다 맥주도 안 사서 돌아오는 녀석이 한 지붕 아래서 숨 쉬는 꼴은 못 보겠거덩."

"네."

못 당하겠다. 재프는 그대로 요구를 추가했다.

"그리고 피자. 여덟 판."

"네."

이곳은 배달이 안 되는지라 이에 관해서는 뭐, 사와야만 했다.

"못 살아, 또 레오 못 살게 군다."

발레리가 몸을 일으켰다.

"나도 갈래. 도와줄게. 아빠를 용서해."

"아니 괜찮아, 안 그래도 돼."

"나도 기분 전환 좀 하고 싶어서 그래. 치즈랑 담배꽁초 냄새가 없는 곳에 가고 싶어."

이쪽도 이쪽대로 남의 말은 귓등으로도 안 듣고 자기 침실로 뛰어 들어갔다. 옷을 갈아입으러 간 것이겠지.

그러자 재프도 몸을 일으켰다. 쓰레기를 뒤져 셔츠를 끄집어
냈다.

레오는 냄새를 확인하고서 그것을 입는 재프에게 물었다.

"…재프 씨도 가게요?"

"어엉."

따라오겠다는 모양이다.

발레리가 밖에 나간다니 업무 모드로 전환한 것이다.

장은 어지간하면 근처에 있는 대형 쇼핑몰에서 보기로 정해
두었다.

그곳까지의 길도 라이브라의 감시하에 있어, K. K에게서 메
일이 두 번 정도 왔었다. 가로수길을 걷던 중에 [시야가 안 좋
으니 그리로 가지 마.]라는 내용의 메일이 한 통. 나머지 한 통
에는 [너흰 좀 더 자연스럽게 가족처럼 못 다니니?]라고 적혀
있었다.

남자 둘이 소녀를 데리고 걸어 다닐 경우, 주변 사람들에게
의심을 사지 않으려면 가족인 척이라도 하는 수밖에 없다. 가
족처럼 보이게 하라는 말은 곧 가족처럼 행동하라는 뜻으로,
솔직히 말해서 그 부분은 눈 감아 줬으면 했다.

"그러니까~ 역할을 정하자고. 롤플레잉을 하자 이거야."

ONLY A PAPER MOON
BLOOD BLOCKADE BATTLEFRONT

"네에?"

"아~무런 생각도 없이 데리고 나오니 거시기해 보이는 거잖아. 여기서 너만 길베르트 씨처럼 쫙 빼입어도 다들 '아아, 주인님과 아가씨, 그리고 하인이구나' 하고 납득할 거 아냐."

"주인님처럼 안 보일 것 같은데요."

"난 옷 좀 사고 싶은데~"

발레리가 자신의 옷을 내려다보며 말했다. 지금껏 말은 안 했지만 불만은 있었던 것이리라.

그녀는 요 며칠 동안 방에 틀어박혀 있었다. 재프를 혼내느라 바빠 심심하지는 않았을지 모르지만 그것도 슬슬 질리기 시작했으리라.

'애초에….'

레오는 의문스러웠다. 누구에게 물어도 답을 듣지는 못하겠지만.

그녀는 언제까지 이곳에 있을까.

영원히 있을 수도 있겠지만.

일차적인 시간제한은 친자감정이 끝날 때까지가 아닐까.

재프는 애슐리 바마와는 맹세코 이 도시에 와서 알게 되었다고 증언했다. 발레리가 두 사람의 딸이라는 사실이 확정되면 가능성의 폭은 좁아진다.

'그건 그렇지만.'

허무감을 금할 수 없었다.

끝이 보이지 않는 이야기이기는 했다. 발레리가 딸이라는 것을 알면, 어떻게 될까. 다음은 그녀가 1년 남짓 만에 급속히 배양된 클론 생물 같은 것이 아닐지를 조사할 것이다. 애초에 유전자 그 자체를 믿어도 되는 것인지에 대한 검토도 시작될 것이다.

터무니없는 가설을 하나하나 배제해 나가기로 하면 끝이 없었다. 하지만 경찰과 달리, 초상현상과 맞선다는 것은 그러한 일이었다.

'뭐, 결국 위험을 무릅쓰는 한이 있어도 이 아이를 자유롭게 풀어 놓는 수밖에 없나.'

누군가가 목적을 가지고 발레리를 보낸 것이라면 그녀의 행동을 통해 그것이 판명될 가능성이 가장 컸다.

단, 그렇게 하면 발레리의 몸도 위험에 노출된다. 시간 역행 이야기가 완전히 은폐되고 있다는 보장도 없었다.

영 꺼림칙한 이야기가 아닐 수 없었지만.

아무런 진전도 없는 연금생활에 며칠 어울리다 보니 그나마 어느 정도는 현실과 타협이 되었다.

물론 이러는 동안에도 도시가 무사태평한 것은 아니었다. 라

이브라는 다른 사건이며 상황에도 대처하고 있었고, 그러한 사안들도 중요도로는 뒤지지 않는 성가신 일들이었다.

"역할이라면."

레오가 제안했다.

"발레리를 아가씨처럼 차려입게 하고 우리 둘은 보디가드인 척하면 되잖아요. 검은 옷을 입고. 무선기 같은 것도 차고."

"네, 대상자 화이트 버디, 지금 나왔습니다. 블루미 들어갑니다. 이런 식으로? 살짝 귀엽다."

발레리는 다소 좋아했지만.

재프는 일축했다.

"눈에 띄잖아, 그거. 유괴해 줍쇼, 하고 광고할 일 있냐."

"아니, 보통 '아, 부자인갑네' 싶다고 덜컥 유괴하지는 않잖아요."

"넌 아직도 이 도시가 어떤 곳인지 쥐뿔도 모르는구나."

"그럼 아예 여자 분을 부르는 편이 낫지 않을까요."

실제로 발레리가 받을 스트레스를 생각하면 필요한 조치가 아닐까 싶었다.

당사자인 발레리가 물었다.

"그거, 레오의 연인이나 뭐 그런 사람을 말하는 거야?"

"아니."

"그럼 싫어."

단박에 거절당했다.

재프도 마찬가지였다.

"누굴 부르려고. 스티븐 씨는 이 건을 별로 밖에 알리기 싫을 테니 베이비시터 쓰는 것처럼 막 부르지도 못할 텐데. 누님이랑 동거하는 건 겁나서 싫고."

"아, 재프 씨."

레오는 스마트폰에 도착한 메일 내용을 재프에게 말해 주었다.

"K. K 씨가 나중에 보자는데요."

"어떻게 그 사람은 스코프 너머에서 하는 이야기를 알아듣는 건데! 악마냐! 악마 귀는 마계 귀냐*!"

그렇게 버럭 소리를 치고는 주머니에 손을 쑤셔 넣고서, 퉁퉁 불은 얼굴로 재프는 말을 이었다.

"어차피 인원수도 부족할 테니, 이 이상은 이쪽에 할애 못 할 것 아냐."

"그거, 내가 민폐 끼치고 있다는 소리야…?"

발레리가 다소 불안한 투로 말했다.

※악마 귀는 마계 귀 : 애니메이션 〈데빌맨〉의 오프닝 중, '데빌 이어(ear)는 지옥 귀'라는 가사의 패러디.

ONLY A PAPER MOON
BLOOD BLOCKADE BATTLEFRONT

"아니, 그건."

레오가 부정하고자 신중히 말을 고르고 있자, 재프가 옆에서 단언했다.

"아냐. 이쪽 사정이 그렇다는 것뿐이지."

헷, 하고 계속해서 말을 했다.

"심지어 꽤 사정이 복잡하지. 암튼. 애들은 알 거 없어."

발레리가 채 묻기도 전에 말을 끊었다.

별수 없이 그녀도 포기했다.

"오늘은 사고 싶은 거 사도 돼?"

"엉~…? 뭐가 사고 싶은데. 패미콤*?"

"옷 사고 싶다고 했잖아. 아까. 그리고 집 안에 있는 것도 이제 질렸으니 시간 때울 만한 게 필요해. 안 돼?"

"패미콤이구만."

"아니야."

"그럼 뭔데. 패미콤 두 개?"

재프의 얼굴을 올려다보며 발레리가 있는 대로 미간을 찌푸렸다.

"농담 같지가 않아서 더 무서운데… 아빠한테는 어린 시절이

※패미콤 : 1983년. 닌텐도에서 발매한 가정용 게임기인 '패밀리 컴퓨터'의 준말. NES이라고도 함.

라는 게 없었어?"

"없었을 리가 없잖아."

"추억의 장난감 같은 거 없어?"

"글쎄. 나무로 된, 각진 게 있었는데."

"나무 블록?"

"아니. 아아, 그거다. 각목."

"…아빠."

"왜 불러."

"힘내."

"그 응원의 의미는 뭐냐."

발레리는 경멸과 연민이 뒤섞인 듯한 복잡한 표정을 지었고, 재프는 그 맥락조차도 파악하지 못해 어리둥절해했다.

레오는 옛날에 여동생과 같은 이야기를 했던 것이 떠올라 이야기에 끼어들었다.

"그러면, 발레리가 세 번째로 갖고 싶은 거라면 사도 돼."

"어. 왜 세 번째인데?"

그녀가 의아해하자 레오는 어깨를 으쓱하며 말을 이었다.

"첫 번째랑 두 번째는 절대로 살 수 없는 걸 테니까."

"아, 아니야."

"첫 번째는?"

"…망아지."

"두 번째는?"

"피아노. 그리고 선생님."

"그럼 세 번째는?"

발레리는 잠시 생각한 끝에 중얼거렸다.

"연필이랑 스케치북."

약간 수수하기는 했지만 어린애가 무언가에 관해 현실적으로 생각하기 시작하는 것은 제3순위 정도부터였다.

"그림 잘 그려?"

그녀는 앞머리를 만지작거리며 어물어물 대답했다.

"그렇지는 않지만… 망아지, 정말 안 돼?"

쇼핑몰에 도착해 보니 평일 오후라 그런지 아직 손님이 그리 많지 않았다. 노점이며 번화가와는 달리 인류—휴머용 상품이 많았는데, 그런 만큼 구경을 하러 오는 이형 주민들도 그럭저럭 있었다.

기본적으로 상시 경계 태세가 유지되고 있어 입구에서 간단한 무기 체크를 해야 했다. 무기로 분류되는 물건은 당연히 반입할 수 없었다. 중무장경비병이 배치되어 있기는 했지만 머리 장갑은 이런저런 캐릭터를 본떠 만들어져, 친밀감이 생기도록 위장되어 있었다. 손님 장사니 당연한 일이었다. 때때로 애들이 뒤에서 걷어차러 가고는 했다. 하지만 세라믹, 티탄, 강화 플라스틱 합성 장갑의 튼튼함 앞에서 좌절하여 다리를 부여잡은 채 땅바닥을 나뒹구는 어린이 집단을 보는 것도 이곳의 풍물시 중 하나였다.

물론 유명한 점포는 대부분 입점해 있었다. 의류만 해도 고급점부터 저렴한 양판점까지 갖춰졌다. 헬사렘즈 로트의 주민을 상대로 장사를 하려면 사이즈도 S, M, L만 갖고는 턱도 없기에 날개 구멍, 꼬리 구멍, 변신으로 찢어져도 교환 가능 등등은 필수였다. 요즈음에는 어떤 체형이라도 맞춰 입을 수 있는 블록 피스 타입 자유 조합복이라는 것이 유행인 모양이었다. 뭐, 레오가 한 번 보러 가 보니 그냥 찍찍이가 붙은 천 쪼가리가 적당히 자루에 들어 있을 뿐이었지만.

이런 혼돈의 도시에도 유행이라는 것은 있었고 사소한 변화와 그에 순응하는 흐름을 보는 일은 재미있었다. 그래서 레오는 볼일이 있어 쇼핑몰에 오면 무심결에 인간 전문 가게보다는 그쪽 가게로 발길이 가고는 했다. 딱히 살 것도 없으면서. 뭐, 애당초 고급 브랜드 옷과는 인연이 없으니 넘어가고.

발레리의 희망에 따라 쇼핑몰 안의 부티크를 모두 돌아다니게 되었다. 부인복 매장에는 어딜 가나 한편에 아동복이 준비되어 있었다.

ONLY A PAPER MOON
BLOOD BLOCKADE BATTLEFRONT

자금은 라이브라에서 받아 두었다. 그녀의 비위를 맞추는 데 써도 좋다고 한 데다, 흥분한 발레리의 얼굴을 보고 있자니 나들이용 드레스 한 벌 정도는 사 줘도 괜찮으려나 싶기는 했지만.

"웃기지 마."

점원이 어머 예뻐라, 어머 귀여워라, 인형이 따로 없네, 하고 추켜세우던 중, 재프가 시비라도 거는 듯한 얼굴로 끼어들었다.

"이딴 걸 입고 어딜 가라고. 학예회? 파티? 장례식? 아님 그거 전부?"

"네에, 으음. 그밖에 중요한 회식 자리 같은 데라도 입고 가면 되죠."

"이런 꼬맹이가 누구랑 회식을 한다는 거야."

"아뇨, 왜 아버님이 거래 상대와 회식할 때, 아가씨를 데려갈 일이 생길지도 모르잖아요."

"그딴 짓을 왜 해? 그렇게 한가해 보여?"

"에이 정말~"

뒤에서 재프의 바지를 붙잡아 끌어당겨 돌려 세우며 발레리가 말했다.

"이런 건 딱히 쓸데가 있어서 사는 게 아니잖아. 그냥 가지고 있고 싶은 것뿐이라고. 나한테 선물하기 싫으면 아빠한테 사달라는 말 안 할 테니 핑계 그만 대. 하나도 재미없어."

그렇게 말하자.

'…또 손아귀 안에서 놀아나고 있다는 건 알겠지만 도망갈 길이 몸에 걸친 것까지 탈탈 털리고 파산하는 코스 정도밖에 안 남았구만~ 이라고 생각하는 것 같은 얼굴이네.'

레오가 그렇게 생각할 정도로 노골적으로 떨떠름한 표정을 지은 채 재프가 물러났다.

"사 줘."

이왕 온 김에 모자와 신발까지 한 세트를 맞춰 구입하자.

가격표에 적힌 금액 단위를 보고 순간 간담이 다 서늘해졌지만 레오의 카드로 무사히 결제가 됐다. 라이브라가 정말로 자금을 입금해 준 모양이었다.

커다란 봉투를 몇 개나 건네받은 순간, 발레리는 상당히 기뻐 보였다.

"내가 들게."

레오가 그렇게 말하자 순간적으로 입술을 비죽거렸을 정도였다.

"아빠가 들어 줘."

"왜 또."

재프가 또 툴툴대자 그녀는 미소를 지은 채,

"아빠한테 처음 받은 선물이니까."

ONLY A PAPER MOON
BLOOD BLOCKADE BATTLEFRONT

결과적으로 재프는 또다시 아까 전처럼 떨떠름한 표정을 지었지만.

마지못해 짐꾼이 되었다.

뭐, 엄밀히 말하자면 자금은 라이브라가 대준 것이었지만, 그녀가 만족한 듯하니 그런 것으로 해 두어도 되리라.

"아, 스케치북은 이걸로 할래."

다른 층의 문구점에서 사냥감을 발견한 발레리에게 돈을 건넸다.

레오는 계산대로 향하는 그녀를 배웅하며 한숨을 내쉬었다.

"아직 식료품도 사야 하는데 말이죠. 어쩔까요. 그냥 여기서 먹고 갈까요."

"…마음대로 해. 저 꼬맹이가 하자는 대로 하자고."

재프는 짐 꾸러미를 떠안은 채 우울한 목소리로 말했다.

문득 알아챈 것이었지만, 닷새 만에 처음인 것 같았다. 발레리 없이 재프와 이야기를 나눌 기회가 온 것은. 말 그대로 그날 아침 이후 처음이었다.

얼마간 어색한 침묵을 인내하다 결심을 굳힌 레오는 입을 열었다.

"뭔가, 계속 기운이 없네요."

"계속은 무슨. 소리치는 데 지친 것뿐이야."

"으~음…."

"뭐야. 빌어먹게 떨떠름하네."

짜증을 부리는 재프에게 레오는 고개를 저으며 말했다.

"아녜요…. 뭐라고 해야 할지. 재프 씨가 만날만날 지는 건 둘째 치고, 질 생각으로 싸움을 하지는 않잖아요."

"그래. 늘 지는 건 둘째 치고, 라고 한 거 기억해 뒀다가 나중에 궁둥이 걷어찰 줄 알아."

"발레리랑 싸울 때, 재프 씨는 이길 생각이 없어 보이거든요."

"별수 있냐. 저래뵈도 라이브라의 손님이라는 입장이니. 너도 통 큰 척하면서 비위 맞추고 있으면서 뭘."

"아뇨, 그런 뜻이 아니라."

그렇게 말하며 그녀의 모습을 눈으로─

후드득. 재프는 떠안고 있던 봉투를 몽땅 떨어뜨렸다.

"어…?"

레오도 자기 눈을 의심했다. 아니, 자기 눈은 아니었지만 어쨌든.

계산대까지의 거리는 10미터 남짓. 점포가 좁아서 짐이 있는 재프는 밖에서 보고 있었다. 레오도 그곳에 있었다.

발레리는 계산대로 향했을 터다. 그 시점에서는 점포 내에 점원과 그녀 말고는 아무도 없었다. 지금은 발레리의 모습도 없었다.

"찾아."

"네!"

곧장 눈을 사용했다.

거리를 수색해 달팽이 인간에게 자전거도 반납했을 정도의 시력이었지만.

가게 주변에서 발레리의 모습을 찾을 수가 없었다.

재프도 행동에 나섰다.

상품을 걷어차며 계산대로 돌격해서 점원의 멱살을 움켜쥐었다.

"이봐. 방금 여기 온 여자애 어디 갔어!"

"네… 에?"

점원은 당황해서— 아마도 모종의 스위치라도 누른 것이리라.

경보음과 함께 점내와 주변의 조명이 꺼져 어두워졌다. 이어서 점원과 붙어 있는 재프에게 안개 형상의 접착제가 잔뜩 뿜어져 나왔고, 그것이 굳어진 참에 다시 불이 켜졌다. 그리고 그즈음에는 좌우 통로에서 중무장경비병이 일제히 어린애들한테 인기가 있을 듯한 활발한 분위기의 BGM과 함께 모여든 상태였다.

'역시 쇼핑몰 경비 태세…!'

엉겁결에 감탄할 뻔했지만.

경비병이 캐릭터를 본뜬 헬멧의 눈을 붉게 빛내며 "위험하지 않습니다. 위험하다고 생각하는 당신이 위험분자입니다."라고 말하며 음악을 크게 튼 채 단발 유탄이며 드릴런처를 장전하는 모습을 보고 있자니 정신이 번쩍 들었다. 주변에 있던 아이들은 아주 신이 났지만.

"재프 씨!"

"어… 어엉."

재프는 일단 아직은 대답을 할 수 있는 모양이었다.

점원 협박 자세를 유지한 채 상대와 함께 뻣뻣하게 굳어서 입도 움직이기 힘든지 말이 불분명했다.

"이쪽은 어떻게든 할 테니까… 애나 찾아."

"말 안 해도 그럴 거예요!"

"오냐너이자식나중에보자빨리가!"

미묘하게 모순된 재프의 말을 들으며 레오는 그 자리를 떴다.

통로를 달리며 눈의 탐색 범위를 확대시켰다. 발레리가 스스로 모습을 감출 이유는 생각이 나지 않았고, 그렇게 빨리 이동할 수 있을 리도 없었다. 가능성이 있다면… 정말로 유괴를 당한 건가?

수색을 계속하던 참에 전화를 꺼내서 K. K에게 연락을 했다.

ONLY A PAPER MOON
BLOOD BLOCKADE BATTLEFRONT

"레오?! 무슨 일이야!"

저쪽도 이변을 알아챈 것인지 반대로 상황을 물어왔다.

레오는 짧게 대답했다.

"긴급사태예요. 발레리를 잃어버렸어요."

"이쪽은 아직 바깥이야. 돌입까지 앞으로… 20초!"

"잠깐만요. 그보다 쇼핑몰 출입구를 감시해 주세요."

"쇼핑몰 출입구가 몇 개인 줄 알고."

"죄송해요. 유괴일 가능성도 있어요!"

전화를 끊었다.

집중에 집중을 거듭했다. 이제 자기 주변은 보이지가 않아서 통로 옆에 놓인 관엽식물 뒤에 주저앉아 사람들을 피했다. 발레리의 모습인 것만 찾는 것이 아니었다. 발레리의 요소를 찾고 있었다. 토막 나서 운반되고 있을 수도 있다고까지는 생각지 않았지만. 어쨌든 조금이라도 단서를 얻기 위해.

저쪽 통로에서 투쾅퍼억쩌억쨍그랑~ 하는 전투음이 들려와 집중이 흐트러졌다. 재프와 경비병의 난투가 시작된 것이리라. 어쨌든 그러거나 말거나. 조용했다면 죽었을지도 모르겠다 싶었겠지만 소란스러운 것을 보니 재프는 살아 있으리라.

'어디 있지…?'

이 쇼핑몰 안에 있는 사람들의 얼굴, 얼굴, 얼굴…을 들여다보았다. 붐비는 시간대는 아니라지만 특정 인물을 금방 찾아낼 수 있을 정도는 아니었다.

마음이 급해졌지만 그러다 깜박 놓쳐서는 의미가 없었다. 얼굴. 비슷해. 아니야. 다음 얼굴. 아니야. 이쪽은? 아니야. 아니—

지나칠 뻔한 의식을 다시 뒤로 돌렸다.

발레리의 귀가 보인 것 같았다. 손가락도. 각각 다른 장소가 아니라 같은 곳에서.

주시했다. 멀지 않았다. 천장이 탁 트인 통로 맞은편.

선물 가게 앞이었다. 안쪽에는 손님용 화장실이 있었다.

그곳에 식물과 인간을 반씩 섞어 놓은 듯한 모습의 한 남자가 있었다. 오른쪽 절반은 인간. 왼쪽 절반은 벌레잡이 통풀의 포충기(捕蟲器)와 비슷한 기관으로 되어 있었는데.

그 기관의 덮개에서 어린아이의 발목만 튀어나와 있었다. 발레리의 귀와 손가락이 보인 기분이 든 것은 그 포충기 전체가 반투명해서 문양처럼 뒤엉킨 잎맥 너머로 희미하게 발레리의 모습이 비쳐보였기 때문이었다.

"발레리!"

레오는 외쳤다. 건너편 통로로 건너가려면 먼 길을 돌아가야만 했다.

반식물인은 레오의 외침에도 반응을 보이지 않았다. 애초에 문구점에서 대난투가 벌어졌는데도 그리 신경을 쓰는 눈치가 아니었다.

다행히 도망치려고도 하지 않았다. 레오는 전속력으로 달렸다. 달리며 반식물인을 불러 멈춰 세우려던 그때….

유달리 커다란, 땅울림 같은 진동에 앞으로 고꾸라졌다. 고개를 돌려 보니 문구점으로 쇄도했던 경비병이 중장갑째 하늘을 날고 있었다.

그리고 날고 있는 그들을 징검돌처럼 내디디며.

재프가 허공을 질주하고 있었다. 점원을 몸에 붙인 채.

슬로모션처럼 느껴진 것은 그 중무장경비병 중 하나가 포탄처럼 자신에게 날아오고 있음을 알아챘기 때문이었다. 죽음을 각오한 몸이 경직되었다. 하지만 재프가 그 경비병도 걷어차 궤도를 바꾸었다. 중무장경비병이 레오의 바로 옆 자리에 처박혔다.

그 충격으로 또다시 나뒹굴었다. 재프는 가볍게 통로에 내려서서 그대로 지체 없이 반식물인에게 덤벼들었다.

피로 된 칼날이 번뜩였다. 그것으로 양단할 셈이었으리라. 정교한 재프의 공격이라면 안에 있는 발레리를 상처 입히지 않고 포충기만을 벨 수 있을 터다.

하지만.

그 순간, 포충기의 덮개가 열리더니 발레리가 거꾸로 튀어나
왔다.

재프는 그 칼날을 치켜든 채.

그대로.

베지 않고 칼날을 거두었다.

포충기에서 바닥에 떨어진 발레리가 눈이 휘둥그레져서 말했
다.

"아빠…?"

뒤이어 주변에 차례로 내려선 중무장경비병을 보고 비명을
지르며 재프에게 매달렸다.

"뭐야뭐야! 이게 다 뭐야!"

그로부터 10초 정도가 지나서야 소동이 수습되었다….

정적이 돌아오자 반식물인이 움직임을 보였다. 그는 살며시
재프에게 다가갔다.

"……?"

몸에 점원이 붙어 있는 데다 주변은 기능이 정지된 중무장경
비병 천지. 거기에 발레리까지 달라붙는 바람에 재프는 꿈쩍도
할 수 없었지만 말없이 반식물인의 움직임을 지켜보았다. 공격
동작을 취하면 그 즉시 죽이겠다는 살의를 품은 채.

반식물인이 재프에게 얼굴을 들이대어 냄새를 맡는 동안, 레

ONLY A PAPER MOON
BLOOD BLOCKADE BATTLEFRONT

오도 다가왔다.

반식물인은 멍하니 재프에게 말했다.

"이번에는 당신을, 빨아도 될까요…?"

"살 거 사고 아빠네한테 돌아가려던 중에, 건너편 통로에서 저 사람이 담배를 피우려 하는 게 보였어."

저 사람이란 반식물인을 말했다.

아놀드 케푼츠루 카보라 씨. 뿌리를 내린 채 무엇 하나 부족함이 없는(이동은 못했지만) 생활을 하고 있었지만 공사로 땅에서 뽑히는 바람에 별수 없이 인간으로서 살아가기로 했다는 모양이었다.

'겉모습을 단정하게 하고, 이름도 지어서 인간의 생활을 흉내 내다 흡연에 빠졌거든요. 인간이니 열심히 산소를 들이켜야 한다고는 생각하지만, 여러분의 감각으로 말하자면 오줌을 마시는 듯한 기분이 들어서… 아주 넌더리가 나서 하다못해 맛이라도 있었으면 싶더라고요. 당신들도 오줌을 마실 때는 간을 하잖아요?'

뭐, 일일이 딴죽을 걸자면 한이 없을 것 같은 이야기였지만.

어쨌든 셋이 나란히 끌려간 경비실에서 발레리는 절절히 사정을 설명했다.

ONLY A PAPER MOON
BLOOD BLOCKADE BATTLEFRONT

"그래서 주의를 주러 갔더니. 내 냄새를 맡기 시작하더라고. 나를 빨게 해 주면 머리에 밴 담배 냄새를 빼내 주겠대서… 정말일까 싶어서… 미안해…."

상당히 호되게 혼이 나기는 했지만.

점원 쪽에게도 어느 정도 과실이 있었다는 사실이 인정되어 재프가 못 쓰게 만든 상품을 구입하는 것으로 합의를 보았다.

결과적으로 식료품까지 사고 나니 짐이 꽤나 많아졌다. 분담해서 발레리의 옷은 레오가, 식료품과 강매당한 문구류는 재프가 피로 그물을 짜서 짊어지고 있었다.

"접착제 때문에 끈적끈적하지만… 뜨거운 물을 부으면 닦을 수 있대, 이거."

한 덩이로 뭉친 문구를 끌어안은 채 발레리가 말했다. 농구공 정도의 크기였지만 펜이며 그림물감밖에 없어 그렇게 무겁지는 않았다.

이야기를 하는 도중에 자꾸만 흘끔흘끔 안색을 살피고 있었다. 레오는 미소를 지어 주었지만 그녀가 신경 쓰이는 것은 재프 쪽이었다. 재프가 한마디도 하지 않았기 때문이다. 경비실에 있을 때부터 계속.

쇼핑몰에서 돌아오는 길도 막바지라 곧 있으면 맨션이었다.

이렇게 거북한 분위기 속에서 귀가해야 하다니. 레오가 그런 생각을 하기 시작한 참에 문득 재프가 입을 열었다.

"너 말이다."

"…왜."

발레리가 대답하자.

재프가 담담히 물었다.

"자기가 어떤 입장에 있는지 알긴 하냐."

"에…?"

"미래에서 왔다고 하더니 사람을 멋대로 아버지 취급하질 않
나. 라이브라가 너를 보호하고 있는 건 한가해서가 아냐. 네가
정말로 유괴 당했으면 저 쇼핑몰째 분쇄할 수도 있었다고."

"미안해."

평소와는 다른 재프의 태도에 발레리는 두 말 없이 고개를 숙
였지만.

재프는 그만두지 않았다.

"너 말이야. 언제까지 있을 거냐?"

"재프 씨."

레오가 제지하기에는 너무 늦은 뒤였다.

재프는 냉정하게 말을 계속했다.

"갑자기 나타난 주제에 언제까지 있을지는 말 안 했잖아."

"……."

ONLY A PAPER MOON
BLOOD BLOCKADE BATTLEFRONT

흔들리는 눈으로 그를 올려다보던 발레리는 아무 말 없이 확 달려가 버렸다.

그대로 맨션 로비로 들어갔다. 키는 그녀도 가지고 있기에 돌아갈 수 있을 테지만.

레오는 걸음을 멈출 뻔했지만 재프는 개의치 않고 나아갔다. 지나쳐가며 이렇게 중얼거리는 소리가 귀에 들려왔다.

"이것 보라고."

허무하게 한숨을 내쉬는 소리와 함께.

"이기자고 하는 얘기는, 이렇게 시시한 법이야."

맨션에 돌아가 보아도 발레리의 기척은 느껴지지 않았다.

침실에 있을 것이다. 거북하기는 했지만 확인을 해야만 하기에 눈을 써서 살짝 투시해 보았다. 발레리의 등이 보였다. 침대 위에 웅크려 앉아 가만히 있었다.

재프는 발레리의 침실을 쌩하니 지나쳐 식료품을 정리하기 위해 부엌으로 향했다. 적당히 봉투를 던져놓고 냉장고에서 맥주 여섯 캔을 끄집어내서 거실에 만들어 둔 둥지에 틀어박혔다.

입 안에 가득한 씁쓸함을 얼버무리기 위해 레오도 뭔가 마시고 싶은 기분이었지만.

가볍게 머리를 싸쥔 채 침실 문을 노크했다.

답변은 없었지만 문 너머에서 말했다.

"옷, 여기 둘게."

문 바로 옆에 봉투를 내려놓고서.

레오도 자기 침실에 틀어박혔다.

금세 잠기운이 몰려왔다. 침대에 드러누워 천장을 쳐다보았다.

자기도 모르는 사이 잠이 들었다. 자다 깼다는 사실조차 알아채지 못했다. 어쨌든 다음에 시계를 봤을 때는 네 시간이 지난 뒤였다.

창밖만 내다보아도 깔리고 쌓인 것이 괴이이건만, 그 조촐한 잠기운을 이겨내지 못한 것이 이상해 고개를 갸웃했다. 참으로 모순적인 일이 아닌가.

잠들었다가 눈을 떴을 때, 어제의 자신과 지금의 자신이 동일인물인지 어떤지는 아무도 보장할 수 없다. 잘 때마다 죽는 것인지도 모르고 그 전의 자신과는 두 번 다시 만나지 못할 지도 모른다. 그럼에도 잠을 잘 수밖에 없다. 세상은 그런 부분부터 이미 불합리했다.

그리고 그런 환상에 젖은 상태에서도 소변이 마려워져, 모든 것이 아무래도 좋아졌다. 인간은 그리 오랜 시간 동안 시인이나 현자가 될 수 없었다.

복도로 나가 화장실로 향하려던 중, 거실 쪽에서 기척이 느껴

ONLY A PAPER MOON
BLOOD BLOCKADE BATTLEFRONT

졌다.

요란하게 코를 골아대는 재프는 그렇다 치고. 발레리가 맞은편 소파에 앉아 그를 쳐다보고 있었다. 그냥 보고 있는 것이 아니었다. 스케치북을 펼쳐 잠든 재프의 얼굴을 그리고 있었다.

불은 켜지 않고 창문으로 들어온 달빛만으로. 정신없이 연필을 놀리는 발레리의 모습에 레오는 다시 한번 환상 속으로 빨려들 뻔했다.

하지만 역시 화장실에 가기로 했다.

일을 보고 돌아와도 발레리는 여전히 스케치를 계속하고 있었다. 레오가 거실 입구로 다가가자 그녀는 손을 멈췄다.

"재프 씨를 그리고 싶었어?"

먼저 말을 건 것은 레오였다.

발레리는 고개를 가로저었다.

"아니. 미리 생각을 했던 건 아니지만… 여러 번 그려 보면 안 잊어버릴 거 아냐. 아빠 사진은 못 찾았거든."

"음, 도구라면 박스 단위로 샀으니 얼마든지 써."

"응."

자세히 보니 발레리의 옆에는 다 쓴 스케치북이 두세 권 쌓여 있었다.

새까매진 손으로 다시 새로운 연필을 깎기 시작한 발레리를 보며 레오는 물었다.

"…돌아갈 준비하는 거야?"

그녀는 확실하게 대답하지 않고 애매하게 미소 지었다.

"아빠가 그런 소리를 하기 전까지는 생각도 못했어. 하지만
그 말이 맞아. 계속 있을 수는 없다는 걸."

"계속 있고 싶었어?"

"잘 모르겠어. 내가 있던 시대에 관해서는 기억도 거의 안 나
는 걸. 하지만 기껏 아빠를 만났는데 돌아가야 한다는 생각이
들 리가 없잖아. 어디로 돌아가? 보통은 거기가 집인데."

"사정이 복잡하잖아."

내가 생각해도 어른 같아서 짜증나는 말이네, 라고 생각하며
말을 계속했다.

어른들의 말이란 즉, 친구가 아닌 상대와 나누는 말이리라.

발레리가 능숙하게 커터 칼을 쓰는 것을 얼마간 쳐다보았다.
주변에는 재프가 퍼뜨려 놓은 쓰레기가 가득했지만 그녀는 티
슈를 깔고 거기에 조심스럽게 연필밥을 떨구고 있었다. 연필밥
이 쌓여 만들어진 산도 상당한 크기로 불어나 있었다.

레오는 웅크려 앉아 그녀가 다 그린 스케치북에 손을 댔다.

"봐도 돼?"

"못 그렸어."

ONLY A PAPER MOON
BLOOD BLOCKADE BATTLEFRONT

쑥스러워 하는 발레리의 얼굴에서는 아주 싫다고 생각지는 않는 그녀의 속내가 보였다.

표지를 넘겼다. 칠칠치 못한 표정으로 잠든 재프의 얼굴이 스케치북 전체에 연속으로 그려져 있었다. 어린아이의 그림이기는 했지만 썩 나쁘지 않았다. 본 그대로를 그리는 바람에 딴 사람처럼 보이는 얼굴도 있었지만.

"엄마 일기에 있지. 아빠 이야기가 적혀 있었어. 난 어떻게든 만나고 싶었어. 엄마도 만나고 싶었지만 일기를 보니 아빠랑은 그다지 만나지 않은 것 같았거든."

"엄마가 재프 씨 보고 뭐라고 했어?"

발레리는 곧장 답했다.

"힘은 세지만 바보라고."

쿡, 하고 웃으며 덧붙여 말했다.

"하지만 똑똑한 사람들보다 다정하댔어. 아빠랑 있으면 엄마는 늘 마음이 놓이는 것 같았대."

"재프 씨한테는 갑작스러운 일이라 평소 모습과는 좀 다른 건 별수 없을지도—"

레오가 어떻게든 항변하려고 하자 발레리는 맹한 투로 말했다.

"에. 난 엄마 일기에 적혀 있던 그대로라고 생각하는데."

"그래?"

"응. 보고서 금방 알았는걸. 바보라는 거."

"으음, 그건 그렇지."

"다정하다는 것도. 뭐, 목말은 안 태워 줬지만."

그런 부탁은 한 적이 없을 텐데도 그녀는 입술을 비죽거렸다. 힘이 들어간 탓인지 연필심이 뚝 소리를 내며 부러졌다.

손을 쳐다보며 발레리는 중얼거렸다.

"아빠니까… 만나기만 하면 금방 가족이 될 줄 알았는데. 아빠는 안 그랬던 걸까."

종이에는 반쯤 그린 재프의 얼굴이 있었다.

진짜도 바로 앞에 있었지만. 레오는 종이에 그려진 재프와— 그녀가 가지고 가려는 추억과 소녀를 번갈아 쳐다보았다.

"재프 씨는, 찜찜해서 그럴 거야."

"어째서?"

"미래의 자신이 무진장 이기적인 이유로 너를 이용한 게 아닐까 생각하고 있거든."

"……."

발레리는 얼마간 입을 다물고 있다가 스케치북을 덮었다.

부러진 연필을, 조금 전만 해도 연필과 하나였던 연필밥에 처박고는 티슈째로 쓰레기통에 버렸다. 이것도 참 모순적인 일이라 해야겠지만, 재프는 이토록 방을 돼지우리로 만들어 놓고서 쓰레기통에는 손도 안 댔는지 텅 비어 있었다.

"정말, 바보 같아."

발레리는 소파에서 일어나 잠든 재프를 내려다보았다.

"용서할 수 있을지 없을지는, 없어지고 난 다음에 생각해도 되잖아. 지금밖에 못 만나니까. 지금밖에!"

잘 자. 그녀는 두 남자에게 그렇게 말하고는.

스케치북을 끌어안고 침실로 달아났다.

아마도 발레리가 잠드는 데 필요했을 10분 정도의 시간이 지났을 즈음, 재프의 코골이도 가라앉기 시작했다.

완전히 멈춘 뒤, 레오는 입을 열어 작은 목소리로 물었다.

"깨어 있죠?"

"코앞에서 그렇게 떠들어 대는데 어떻게 자냐."

재프가 눈을 떴다. 들킨 줄은 알았으리라.

하지만 레오는 한 차례 더 찔러 보았다.

"발레리가 스케치 할 때부터 깨어 있었잖아요."

재프는 인정하려 하지 않고 입을 다문 채 손으로 얼굴을 쓸었지만.

하지만 반박할 말이 없다는 걸 알고는 화제를 돌리기로 한 모양이었다.

"넌 인마 깨어 있다는 걸 알았으면서 그렇게 쫑알쫑알 떠들어 대냐."

"화가 좀 나 있기도 했거든요."

"네가 열 받을 일이 뭐가 있어서."

"진상은 어찌 되었건 재프 씨는 목숨 건졌으니, 어린애한테 화풀이 할 필요는 없었잖아요."

재프는 쓰레기더미 속에서 몸을 일으켜.

머리를 긁적이며 고개를 푹 숙였다.

"애슐리는 아는 사람이 소개해 줘서 몇 번 만났어. 그리고 그냥, 딱히 이유가 있어서는 아니고 얼마 동안 만나지 않았어."

기억이 없다. 추억이랄 것도 없다.

담담한 보고에 지나지 않았다. 그럼에도 재프는 꺼림칙했는지 입술을 깨문 듯했다.

"좋은 여자였어. 끝내줬지. 그냥… 그 정도밖에 몰라."

고개를 들어 발레리가 앉았던 장소를 바라보았다.

"그건 좀 아니잖아. 저 녀석한테는 엄마랑 아빠일 텐데. 너무하잖아."

"…저는 뭐라고 말 못하겠네요."

"부추겨 놓고 그러기냐, 인마. 빨랑 한 방에 해결되는 방법이나 불어."

"그런 거 없어요. 알잖아요?"

"……."

짜증스럽게 한참 이를 갈다가.

재프는 다시 푹 쓰러졌다.

"뭐, 그렇지."

레오도 그대로 침실로 돌아갔다.

침대에 눕기 전에 연락이 왔다는 사실을 알았다. 내일 20시에 두 사람은 발레리를 데리고 라이브라 본부로 올 것, 이라고 적힌 메일이었다.

'아마 친자감정 결과가 나온 거겠지….'

알겠어요, 라고만 답장을 했다.

아침에 일어나 보니 재프와 발레리의 모습이 없었다.

하지만 초조해할 필요는 없었다. 레오는 간단히 아침을 때우고 샤워를 하고서 K. K에게 메일을 보냈다.

[두 사람 어딨어요?]

답장을 기다리는 동안 식기를 치웠다. 마침 다 치웠을 즈음 짧은 답장이 와서 혹시 K. K는 이 방도 동시에 감시하고 있는 게 아닐까 하는 의심이 들었지만.

[두 블록 앞에 있는 공원. 방해하면 안 될 것 같은 분위기는

아닌 것 같고.]

　그야 뭐, 그렇겠죠 싶었지만.

　잠시 후에 추가 메일이 왔다.

　[살짝 재미있으니까 보러 가 봐.]

　"…방을 정리해 둘까 했는데."

　레오는 혼자 투덜댔다. 쓰레기투성이 거실. 부엌.

　오늘 밤 이후, 이곳은 정리될 가능성이 높다고 예상했다. 며칠의 공동생활로는 발레리의 기억봉쇄에 관련한 이렇다 할 성과를 올리지 못했다. 그렇다면 이 경비태세도 오래는 지속할 수 없었다. 감정 결과에 따라 향후 방침도 변할 것이다.

　맨션을 나서 K. K가 말한 공원으로 향했다. 아직 오전이라 조깅을 하는 사람이며 핫도그를 손에 들고 산책을 하는 사람들도 있었다. 물론 사람인지 아닌지 잘 모르겠는 형상을 한 자들도 각자 초차원적인 목적을 띤 것인지, 아니면 별다른 의미가 없는 것인지 모를 산책을 하고 있었다.

　공원이라 한들 조깅 코스가 제법 넓은 데다 사람들도 그럭저럭 많아서 재프 일행을 찾으려면 품이 좀 들겠구나 싶었다. 재프도 발레리와 함께 있다면 되도록 눈에 띄는 일은 피하려 할 것이다.

　혼돈의 도시에도 한숨 돌릴 장소는 필요했다. 수라장과 소동

ONLY A PAPER MOON
BLOOD BLOCKADE BATTLEFRONT

으로 가득한 일상을, 사람들은 의외로 씩씩하게 살아나갔다. 개를 데리고 달리던 이가 웃는 얼굴로— 타조 머리에 하반신은 무한궤도(그리고 대포)로 된 하이브리드한 지인에게 말을 붙이며 추월했다.

그의 모습을 보고 놀라는 사람은 아무도 없었다. 개도 짖지 않았다.

대붕괴가 일어나자 세계의 종말을 주창한 자는 많았다. 지금도 바깥세상에는 그럭저럭 있으리라. 헬사렘즈 로트를 지각째 뜯어내서 지구에서 떨궈내 버릴 수는 없겠느냐는 안건이 진지하게 UN에 올라오는 일도 있다는 모양이었다.

이런 상황을 받아들이고 살아가는 것은 무리라며.

하지만 사람은 믿기 어려운 상황에도 적응하기 마련이다. 이용까지 해 먹는다. 레오는 이 도시를 보고 생각했다. 인류가 종말을 맞이하는 것은, 모두가 상상하는 것보다 아주 조금 어려울지도 모르겠다고.

그래서 라이브라 같은 조직도 생겨난 것이리라.

어느샌가 자신도 이곳에 적응해 가고 있었다. 괴이에 관한 이해와 대처법을 배우고 초인들의 행동에도 동요하지 않게 되었다.

어슬렁어슬렁 걸으며 사람들을 쳐다보았다.

비슷한 사람들이 자신을 보고 있기도 했다.

연인과 가족도 많았다. 꼭 휴머끼리만 있지도 않았다.

물론 평범한 사람도 있었다. 상큼한 미소를 지은 채 2인용 자전거를 타는 가족의 모습도. 재프 씨랑 좀 닮은 것 같은데….

재프였다.

"……?!"

소리 없는 비명을 지르며 다시 쳐다봤다.

틀림없었다. 발레리가 앞, 재프가 뒤에 탄 채. 아하하하하하하후후후후후후후, 하는 웃음소리를 내며 달리고 있었다.

입을 쩍 벌린 채 그 자리에서 기다렸다. 5분 정도가 지나자 코스를 한 바퀴 돈 재프일행이 다시 나타났다. 좀 전에 봤던 것처럼 웃고 있었다.

계속 웃고 다녔는지 약간 안색이 푸르딩딩해져 있었지만.

확실히 재미있어 보였던지라 한 바퀴 더 기다려 보았다.

다시 나타났을 때는 재프도 발레리도 거의 쉰 목소리로 눈물과 침을 질질 흘리며 달리고 있었다.

믿기지가 않아 한 바퀴 더 기다렸다.

이번에는 결국 숨이 턱까지 찬 두 사람이 비틀거리며 페달을 밟다가… 레오 앞에서 털썩 쓰러졌다.

"젠자아아아아아아앙…."

ONLY A PAPER MOON
BLOOD BLOCKADE BATTLEFRONT

재프가 침을 내뱉으며 일어났다.

발레리는 환희하며 팔을 치켜들었다.

"이겼다~!"

"뭐 하시는 거예요?"

레오가 묻자 재프는 재미없다는 투로 말을 내뱉었다.

"승부하고 있었지. 게임으로."

"게임…?"

"표정 안 찡그리고 이런저런 짓 하다 먼저 약한 소리 하는 쪽이 지는 걸로."

발레리가 그렇게 말하며 재프의 다리를 퍽퍽 밟았다.

벌레라도 씹은 듯한 표정으로 참는 재프를 보며 레오는 다시 물었다.

"왜 걷어차는 거야?"

"이긴 쪽이 밟기로 했어."

"다시 한번 묻겠는데, 왜?"

"아무 벌칙도 없으면 승부를 왜 해? 아빠랑 돈내기를 할 수는 없잖아."

"……."

잠시 생각을 하고 나서.

레오는 거듭 물었다.

"다시 한번. 왜 이런 짓을 하고 있는 건데요?"

"사과했다, 왜."

코를 벌름대고 이를 드러낸 채.

그야말로 벌칙을 받는 것보다 싫은 듯한 투로 자백했다.

"화풀이해서 미안하다고. 그랬더니 말로는 뭘 못하겠냐더라. 놀아달라더라고. 이 성질 더러운 꼬마 깡패가."

"아빠 닮았나 보네."

"아빠는 누가 아빠야. 아직 거기까진 양보 안 했다."

"양보 못 하든 인정 못 하든 상관없어. 아빠 맞으니까."

재프는 아직도 다리를 걷어차고 있는 발레리의 목덜미를 쥐어 휙 들어 올렸다.

"좋아, 다음. 뭘로 할래."

"진 쪽이 고르기로 했잖아."

"그랬던가…? 귀찮게스리."

내키지 않는지 고개를 획 돌린 채.

발레리를 내려놓고는 냉큼 말했다.

"그럼 담배 빨리 피우기 승부! 시작!"

"아, 치사해!"

"좋아~ 내가 이겼다~"

가슴을 젖힌 채 소녀의 발을 밟아 대는 재프에게, 레오는 일

ONLY A PAPER MOON
BLOOD BLOCKADE BATTLEFRONT

단 일러두기로 했다.

"으음, 하고 싶은 말은 많지만 어린애 앞에서 법 어기지 말아 주세요."

"거 시끄럽네~ 붕괴 이전 얘기잖아. 이 도시에서 매너고 나발이고가 어딨어."

"그건 그렇지만요…."

온몸에 난 구멍으로 보란 듯이 연기를 뿜어 내는 비즈니스맨 집단이 조깅 코스를 따라 지나쳐 갔다.

"매너는 중요해. 품성이 드러나는 부분인 걸."

밟힌 신발에서 먼지를 털어 내며 발레리가 말했다.

"그럼 다음은 내 차례지? 글쎄… 핫 포테이토 게임!"

"둘이서 하자고?"

"그거 여럿이서 하면 집단 따돌림이나 다름없어지잖아. 하지만 맞짱 뜨듯이 하면 어엿한 경기가 된다고."

"맞짱이라고 하지 마."

"아빠한테 맞춰 준 거야."

"음악은 어쩌고."

"그건."

발치에 떨어져 있던 부러진 가지를 주워 레오에게 건네며 말을 계속했다.

"이걸 레오가 손 위에 세웠다가, 쓰러뜨릴 때까지로 하자."

원래는 노래가 흐르는 동안에 공을 주고받다 노래가 끝난 순간 공을 들고 있으면 지는 게임이다. 보통은 여러 명이서 하는 놀이였지만 분명 둘이서 하면 눈치 싸움이 치열해질 것이다. 노래로 하지 않은 것도 끝나는 타이밍을 복잡하게 하기 위해서였다.

전사가 된 재프의 감은 두 말할 것 없이 일류였다. 사선을 넘어 목숨을 붙든 채 놓치지 않았다. 깃털처럼 가볍고 머리카락처럼 질기다.

그리고─

"와아~ 이겼다~!"

"젠장~"

풀썩 쓰러진 채 발길질을 당하며 눈물을 흘리는 재프에게.

레오는 말했다.

"어째 약하네요, 재프 씨. 이럴 때는."

"시끄러! 자, 다음!"

재프가 지목한 것은 제자리 높이뛰기 승부.

다음으로 발레리가 지목한 것은 숨바꼭질.

다시 진 재프가 팔씨름을 선언했고.

발레리는 가위바위보를 하자고 했다.

ONLY A PAPER MOON
BLOOD BLOCKADE BATTLEFRONT

"저기 있는 다리까지 달리기!"

"재패니즈 오목!"

"더 레슬링!"

"저 앞에 있던 아저씨가 준 퍼즐 풀기!"

"레오의 개인정보 퀴즈!"

"스펠링 맞추기, 첫 번째 문제는 샤덴프로이데*!"

서로에게 제안한 승부는 두 사람 모두 팽팽하게 맞서 동점인 채 이어져….

"저기~ 재프 씨."

"왜 불러!"

이름에 Z가 들어가나 안 들어가나로 승부해서 압도적 승리를 거머쥔 재프에게 레오는 냉담하게 딴죽을 걸었다.

"재프 씨가 제안한 승부가 전반적으로 더티하지 않은가 하는 항의가 관중들한테서 끝없이 쏟아지고 있는데요."

"왜 관중이 모여드는 건데!"

주변에서 걸음을 멈춘 통행인들을, 주먹을 치켜들어 쫓아냈다.

레오는 팔짱을 끼며 중얼거렸다.

※샤덴프로이데(Schadenfreude) : 타인의 불행을 본 순간 발생되는 쾌감.

"벌써 두 시간 정도 이러고 있었으니까요~"

가져온 노트를 펼쳐 재프를 규탄하는 플래카드를 만든 구경꾼들까지 있었다.

점심시간이 끝나 슬슬 사람들이 줄기 시작하기는 했지만.

재프는 한숨을 내쉬며 중얼거렸다.

"일진일퇴로구만."

"염치도 없네요."

그렇게 말한 레오의 목소리는 무시하고 계속해서 말했다.

"슬슬 결판이 날 만한 걸 해 볼까. 막판은 포인트 8만 배. 그리고 우연히도 출제자는 나로구만."

"치사해. 시끼면 속이 아주 모공을 뚫고 나오겠네요."

또다시 레오에게는 무시를 당했지만.

발레리는 받아들였다.

"좋아. 하지만 그 대신 마지막 스페셜 벌칙은 내가 정하게 해 줘."

"오냐~ 어디 실컷 없는 지혜 쥐어짜가며 부질없는 저항이나 해 봐라. 머리도 콩알만해서 아무 생각도 안 나지? 그치~?"

발레리는 재프의 깐죽거림에도 전혀 동요하지 않고 말했다.

"있는 힘껏 주먹으로 얼굴 치기."

"...엉?"

ONLY A PAPER MOON
BLOOD BLOCKADE BATTLEFRONT

"빨리 뭘로 승부할지 정해."

"……"

완전히 기세가 꺾인 재프는 도움을 구하듯 주변을 둘러보았다. 하지만 당연히 사람들은 싸늘하게 쳐다볼 뿐이었다.

"바~…."

체면보다 발레리의 눈에 겁을 먹은 것인지.

재프는 떨리는 목소리로 작게 말했다.

"바, 발 사이즈가… 작은 쪽이 이기는 걸로…."

"아싸~"

발레리는 껑충 뛰며 재프에게 얼굴을 내리라고 손짓했다.

"간다~? 아, 돌 쥐어도 돼?"

"당연히 안 되지. 법정에서 살의를 부정할 수 없게 된다고."

"체엣~"

주먹을 문지르며 도움닫기를 위해 거리를 벌렸다.

재프는 허리를 굽힌 자세로 겁에 질려 눈을 감았다.

발레리는 달려나가. 재프의 바로 앞에서 가볍게 점프해서는, 그의 목에 팔을 둘러 끌어안았다.

그대로 뺨에 키스를 하자 재프는 허둥지둥 몸을 일으켰다. 여전히 달라붙어 있는 발레리를 대롱대롱 매단 채.

"무, 무슨 짓이야!"

ONLY A PAPER MOON
BLOOD BLOCKADE BATTLEFRONT

"주먹보다 세지?"

새침하게 말하는 발레리를 향해 어째서인지 관중들이 박수를 날렸다.

"이게….'

"뭐야~ 속임수에는 속임수로 맞서야지. 맞는 것보다 싫었어?"

"아니, 뭐, 그런 건… 아니지만."

한참 환호성을 지르거나 일련의 촌극을 보고 질려 버린 구경꾼들이 떠나가자 공원은 다시 평온함을 되찾았다.

셋이 나란히 빌렸던 자전거를 반납하고 공원을 나섰다. 느지막한 점심을 해결하러 레스토랑에 들어가서, 레오는 거의 쉴 새 없이 떠들어 대는 두 사람을 계속해서 쳐다보았다.

"글쎄, 쇼는 딱히 날 좋아하는 게 아니래도. 내가 상대해 주지 않아서 쫓아다니는 것뿐이야."

"그런가아~? 쫓아다니는 건 좋아해서 그런 걸로 해 둬. 그 이상 뭐가 더 필요하다는 거야. 배경에 반짝반짝 별똥별이라도 떨어져야 하냐?"

"별은 둘째 치고 이쪽은 그럼 어쩌라고. 네, 제 쪽은 조건에 따라서는 연인 비스무리한 친구 관계라면 생각해 볼 수 있습니다. 절차에 따라 소정의 용지에 필요 사항을 기입하신 뒤, 응모권을 붙여서 보내 주십시오, 라고 게시해 둬?"

"오~ 그렇게 딱 붙여봐. 다들 좋다고 덤벼들 걸~"

"바보밖에 안 보낼 게 불을 보듯 뻔하잖아."

"넌 인기를 끄냐 마냐 하는 이야기 중에 취향 따지면 어쩌자는 거야? 숫자만 많으면 땡이지."

"어중이떠중이는 필요 없어. 치즈마카로니도 아니고."

"아~ 이거 텄구만~ 이 꼬맹이는 잿빛 청춘 코스라고오~ 눈만 높아서 마흔 넘어서야 겨우 고민하기 시작할 녀석이야~"

"그럼 뭐 어때. 쇼는 셔츠를 입에 문 채 맛있다며 좋아하는 애라고. 무서운 건 아침에 그런 소리를 해 놓고는 방과 후에도 또 한다는 점이야. 하루에 두 번이나 그런 소릴 하는 것도 이해가 안 되는 데 한참 있다가 하는 것도 뭔가 이상해. 개랑 어떻게 엘레강트한 대화를 하라는 거야?"

"뭐야, 너. 셔츠 맛 우습게 보냐?"

"아빠도?!"

"그리고 고급 티슈도 맛있지. 예전에 감기 걸렸을 때 안건데, 달달하더라. 그건 콧물이 짭짤하니 중화해서 우주의 균형을 유지하라는 드루이드의 교의에 따라 만든 거라더라."

"…그 얘기, 누구한테 들었어?"

"동료."

"헤에~"

발레리가 의미심장한 눈빛으로 레오를 쳐다보았다.

레오는 일단 어깨를 으쓱했다. 누가 말한 것인지 대충 알 것 같기는 했다.

방에 돌아가지 않고 그곳에서 시간을 때우며.

추가 주문한 싸구려 커피 탓에 위와 방광이 몇 번이나 이완과 수축을 반복했을 즈음.

화장실에서 돌아온 재프가 자리에 앉지 않고 말했다.

"슬슬 가 볼까."

"…그래요."

레오의 머릿속에서 재프가 깜박 잊은 것이 아닐까 하는 의심이 고개를 들기 시작했지만.

그렇지 않았다. 라이브라 본부로 갈 시간이었다.

발레리에게는 그녀의 몸을 검진하기 위해서라고 둘러대 두었다.

검진이 필요 없는 것은 아닌지라 아주 거짓말은 아니었지만.

친자감정을 했다는 사실을 모르는 그녀를 떼어 놓고 재프와 레오만 미팅에 참석하기 위한 방편이었다.

평소처럼 미팅 룸으로 향하던 중 복도에서. 레오는 어쩐지 쉽게 말을 꺼낼 수가 없는 분위기를 느꼈다. 며칠 만에 온 탓일까. 여느 때와 달리 재프의 걸음이 빠르기 때문일까.

하지만 중간에 딱 한 번, 재프가 속삭이는 듯한 목소리로 말했다.

"너, 무슨 생각 하고 있냐?"

어느 쪽이라고 생각하냐, 라는 질문이 아니었다.

생각해 보니 그런 것을 물을 리가 없었다. 금방 결과를 알 수 있을 테니.

그래서 레오는 순순히 생각한 바를 말했다.

"방을 어질러놓고 그냥 나왔네, 하는 거랑…."

"하는 거랑?"

"재프 씨, 의외로 웃고 있네요."

"그러냐?"

"네에."

그 이상 불필요한 이야기는 계속하지 않고.

방에 도착했다. 문을 연 재프에 이어 입실했다.

그곳에 있는 멤버는 크라우스, 스티븐, 그리고 K. K까지 세 명이었다.

K. K는 아마도 지금 막 왔을 것이다. 도착 자체는 레오 일행과 동시에 했겠지만. 그녀가 걸친 코트에서 풍기는, 희미한 배기 가스와 섞인 바깥 공기의 냄새가 건조한 사무실 안에 감돌았다.

ONLY A PAPER MOON
BLOOD BLOCKADE BATTLEFRONT

크라우스는 조용히 자리에 앉아 있고 스티븐은 서 있었다. 스티븐은 사각봉투를 손에 들고 있었다. 봉투는 열려 있었다. 감정결과가 도착한 것은 분명 오늘 이른 시간이었으리라. 두 사람은 이미 결과를 보고 방안을 검토했을 것이다.

서론은 없었다. 요즘 어떻게 지냈나? 같은 잡담도 하지 않았다. 발레리와 어떤 생활을 했는지는 거의 모두 파악하고 있을 테니.

스티븐은 그럼에도 얼마간 이야기를 시작하지 않고 기다렸다. 망설임이다. 어떻게 이야기를 꺼내야 할지에 대한. 극적인 효과를 노린 것은 아닐 텐데.

그가 내민 봉투를 재프가 받아들었다.

안에 든 것을 보기 전에 스티븐이 말했다.

"아마 읽는 데 시간이 걸릴 거야. 그러니 요약해서 말하도록 하지. 발레리 바마 말인데—"

또다시 망설였다. 하지만 이내 떨쳐내고는 단숨에 끝까지 말했다.

"발레리는 애슐리 바마의 딸이야. 다만 **그**와 너의 딸일 가능성은 거의 없어. 그럴 거야. 분명. 아마도."

"…그?"

K. K가 다소 톤을 높여 말했다.

크라우스는 전혀 대답하지 않았다. 스티븐이 말을 계속했다.

"그에 관한 정보는 철저하게 캐내서 확인했어. 아니, 정말로 묘를 헤집은 건 아니고."

정적 속에서 그는 헛기침을 한 차례 했다.

"그의 신변에 관한 조사 쪽은 완전히 허탕을 쳤어. 자네들이 맞닥뜨렸던 모순 블록으로 정보가 차단되었기 때문이겠지. 추측컨대 그는 1년 정도 전에 이 도시에 와서 어딘가에 있는 여성과 교제를 했을 거야. 그러던 중… 으음, 우연히 재프와 만났겠지. 발레리가 말한 그의 일기에는 연인의 이름이 재프라 적혀 있어서 발레리는 오해한 것일 테고. 그는 발레리가 태어났다는 사실도 모르지 않았을까. 발레리가 말하기를 일기에는 딸에게 남긴 말이 단 한마디도 나오지 않았다는 모양이더군. 마찬가지로 그녀의 어머니에 관한 언급도 없었고. 이상이야."

긴 이야기가 끝났을 즈음.

재프는 바닥에 쓰러져 머리를 부여잡은 채 몸부림을 치고 있었다.

자신의 얼굴을 쥐어뜯은 탓에 피가 흐르고 있었다.

"…뭐라 할 말이 없어요."

"'그'라는 말이 나올 때마다 몸을 흠칫거리는 게 재미있어 죽겠네."

ONLY A PAPER MOON
BLOOD BLOCKADE BATTLEFRONT

재프를 내려다보며 K. K가 말했다.

K. K는 다시 스티븐을 흘끔 쳐다보며 확인을 했다.

"확인차 묻겠는데, 다시 말해서 애슐리 바마는…."

"응."

"여장남자였다는 거?"

"맞아."

짧게 대답하고서.

큰일을 마쳤다는 듯, 스티븐은 새삼 가벼운 투로 레오에게 말했다.

"아아, 그리고 레오. 자네에게 부탁하고 싶은 일이 있는데. 통기구로 도망쳤다는 수수께끼의 구렁이 풍 생물인지 뭔지를 포획하지 않으면 공기조절설비에서 식초 냄새가―"

"으아아아아아아아아아악! 빌어먹으ㅇㅇㅇㅇㅇㅇ을!"

그제야 고함을 칠 힘이 생겼는지 재프가 자리에서 일어났다. 동시에 봉투를 조각조각 찢어 활활 불태웠다.

그 재가 바람에 휘날렸다.

창문이 열렸기 때문이다. 테라스에서 뛰어 들어온 것은 체인이었다. 그녀는 진지한 표정으로 곧장 재프에게로 다가가더니….

귓가에 대고 뭐라 중얼거렸다.

재프가 일그러진 미소를 지은 채 복창했다.

"에. 뭐야 뭐야~? 비밀 얘기? 에, 응. 오호라~ 다음 주에 라이브라 사내보의 네 담당 페이지에, 이번 일을 상세히 싣고 싶다고? 헤~ 아싸~"

기쁨의 포즈를 취하더니 버럭 화를 내며 체인을 쫓아냈다.

"없잖아, 사내보 같은 거! 아무리 심술이 부리고 싶어도 그렇지 그딴 걸 창간할 셈이냐, 이 암캐!"

체인은 효호호호호호호호호호, 하는 비웃음만을 남긴 채 고양이처럼 은밀히 공간에 녹아들었다. 그대로 물러난 모양이었다.

"저 망할 통개, 이 타이밍에 비웃으려고 대기 타고 있었구만."

"배신은 인랑국의 주특기니까."

스티븐은 다시 본론으로 돌아갔다.

"이걸로 매듭이 지어졌다고 착각하면 곤란해. 아무 것도 해결되지 않았으니까. 괜히 이야기만 더 이상해졌지."

"감정결과는, 왜 나온 건데요."

재프가 물음을 던졌다.

"나는 애슐리에 관해 조사하려다, 같이 일하는 동료도 못 만났는데. 그런데 왜 감정결과는 무사히 나온 거냐고요."

흠. 스티븐이 신음했다. 옳은 말이라고 생각한 것이리라.

"어쩌면 이런 결과가 나오리라고는 예상치 못한 것일지도 모르겠는걸."

ONLY A PAPER MOON
BLOOD BLOCKADE BATTLEFRONT

"누구의 예상이요?"

"이 일을 계획한 자, 라고 해야겠지. 그 녀석은 재프와 저 소녀가 진짜 부녀지간이라 믿고 이 일을 실행했을 거야. 그걸 부정하는 결과가 나오리라고는 생각도 못했겠지."

가설을 늘어놓고서 다시 음미했다. 스티븐은 손으로 목을 쓸며 계속해서 말했다.

"이 허술함에는 중대한 의미가 있어. 인간다운 실수거든. 이른바 오버로드 같은 존재의 짓은 아니라는 뜻이지. 그러한 자의 힘을 빌리기는 했겠지만 그것보다는 하위에 속한 자의 계획일 거야. 요컨대 마술을 사용한 거지."

"하위라 해도 타락왕이나 뭐 그런 영역에 속한 사람일 것 아녀요?"

레오의 말에 스티븐은 다소 질린 표정을 지어 보였다.

"그야 그렇겠지. 길거리 공연을 하는 마술사가 할 수 있는 일은 아니니까."

"허나 사람이라면, 그 의도를 우리가 이해할 수 있을 걸세."

계속 입을 다물고 있던 크라우스가 중얼거렸다.

딱딱하고 거대한 주먹을 쥔 채, 이 남자가 무거운 목소리로 말하자 기분 탓인지 그 주먹도 더욱 커진 듯 보였다.

"이해할 수 있다면 저지도 할 수 있을 것이네."

"…하지만, 선의일 수도."

"그럴 리는 없어. 스포일러라 하지 않았나."

"네?"

"스포일러 말이네. 의도하고 붙인 것이 아닐지도 모르지만, 악의가 없다면 이런 식으로 이름을 짓지는 않았겠지."

"아직, 10년 후의 제가 한 짓이라는 가능성도 사라지지는 않았고 말이죠."

재프도 마찬가지로 무겁게 입을 열었다.

그 무거움을 얼버무리고자 몇 초를 기다리던 중에 그의 휴대전화가 울렸다.

전화가 온 모양이었다. 화면을 본 재프는 당황스러운 표정을 지었다.

"…라이브라 사내에서?"

이 건물의 고정전화인 모양이었다. 보통은 걸려오는 일이 없었다. 불명료한 영수증을 제출했다가 경리에게 혼쭐이 나는 일반적인 조직도 아니었다. 애초에 구성원들의 연락처를 모두가 아는 것도 아니었다.

물론 크라우스와 스티븐은 예외였지만. 책상에 놓인 전화에는 아무도 손을 대지 않았다.

짚이는 바가 있었는지 재프는 스피커폰으로 전환했다. 스피

커에서는 소녀의 목소리가 들려왔다.

"스포일러 타임."

기계를 통해 전해져 온 발레리의 목소리는 갈라져 있어 불길하게만 들렸다.

"금일 24시, 발레리는 집으로 돌아간다. 그 힘으로 인해 반 마일 내에 있는 자는 모두, 피할 수 없는 죽음을 향수(享受)할 것이다."

4 — Barnum and Bailey world,

진 중에 갑자기 의식을 잃은 발레리가 임시 의무실 책
상에 놓여 있던 전화기를 들어 재프의 번호로 전화를
건 모양이었다.

"뭐 그렇지이~… 우리 마누라도 똑같거든~… 내가 말을 걸
면 고개를 홱 돌리거든~… 그럼 난 그쪽엔 벽밖에 없잖아, 볼
것도 없잖아, 라고 하는데~… 뭐 애초에 마누라는 20년 정도
전에 집에서 나갔을 텐데, 보이니 괜히 더 무섭다고나 할까아
~…."

의사의 이야기는 그러했다.

일단 그녀를 미팅룸으로 들였다. 발레리는 라이브라의 멤버
한 사람 한 사람에게 공손하게 고개를 숙여 인사했다.

이번에도 발레리는 발언 내용을 잘 기억하지 못했다. 다만
재프의 안색을 보고 지금까지와는 달리 사태가 심각함을 알아
챈 모양이었다.

"나, 뭐라고 했어, 아빠?"

20시 38분.

레오뿐 아니라 모두가 시계를 의식하고 있었다.

ONLY A PAPER MOON
BLOOD BLOCKADE BATTLEFRONT

'이제 세 시간 반도 안 남았네⋯.'

발레리에게는 뭐라 이야기를 할지, 라이브라는 목적을 무엇으로 설정하고 어떻게 움직일지. 그에 관한 합의도 안 됐다. 시간이 너무 없었다. 크라우스와 스티븐은 이미 각각 연줄이 닿은 자들에게 연락을 돌려 준비를 갖추고 있었다. 특히 스티븐은 네 대의 휴대전화로 동시에 통화를 하고 있었다.

그녀에게 어떻게 이야기를 할지. 그 일을 맡은 것은 재프와 레오, 그리고 덤으로 K. K까지였지만. 일단은 발레리를 소파에 앉히고 그 정면에 재프가 웅크려 앉았다. 가만히 눈을 마주 보며 입을 열었다.

"너, 한밤중에 집에 돌아간다더라."

"뜬금없이?"

"그래, 내 말이. 그래서, 그 힘인지 뭔지 때문에 근처에 있으면 사람들이 죽는다더라. 그래서 저 험상궂은 아저씨들이 넓은 장소를 확보하려 하고 있어. 네 취향의 훈남은 아닐지 몰라도 실력은 좋아."

"⋯⋯."

발레리는 야무지게 평정심을 유지하고 있는 듯 보였지만, 자신의 팔을 꼭 끌어안고 있었다.

재프도 그것을 알아챈 것이리라.

그 즉시 약점을 건들며 도발했다.

"아앙? 무섭냐, 망할 꼬맹이?"

"아, 아니거든?"

"그렇겠지? 애초에 올 때도 무사했는데 돌아가는 게 어렵지는 않을 거 아냐. 그런데 겁을 먹는 건 겁쟁이나 할 짓이지."

"하지만, 다들 죽을 거라며."

"그건 이쪽이 어떻게든 하겠대도. 아니면 네가 어떻게 해 줄 거냐? 딱히 방법 없으면 네 몸이나 잘 간수해. 오줌 지렸으면 팬티 갈아입어두고."

"아빠, 나…."

발레리는 눈물을 흘리며 재프의 손을 붙잡았다. 재프는 그것을 뿌리치지 않고 천천히 무릎을 꿇었다.

"괜찮아. 네가 붙잡고 있는 게 뭔지 말해 봐."

"아빠 손…."

"그런데 왜 울어. 너 바보냐?"

"아니."

"입만 살았지?"

"아니야."

"그럼 행동으로 증명해. 내가 오늘 실컷 한 것처럼."

"응… 진짜 비겁한 사람이었어."

ONLY A PAPER MOON
BLOOD BLOCKADE BATTLEFRONT

미소가 조금 돌아온 발레리에게 재프는 가볍게 박치기를 했다.

"애는 애한테 맞는 고민이나 해. 쇼라는 녀석 말야, 아마 그렇게 나쁜 녀석은 아닐 거야. 하지만 으음, 사귀진 마라. 알겠지?"

"응."

조금 떨어져서 그런 두 사람을 보던 중.

레오는 K. K가 험악한 표정을 짓고 있다는 사실을 알아챘다.

재프도 그랬듯이 기분이 안 좋은 K. K에게 말을 거는 것은 무섭기 그지없는 일이었지만, 일단 한 번 그녀를 쳐다보았으니 그녀 쪽에서도 분명 눈길을 알아챘을 것이다. 그러니 무시하기도 어려웠다. 성가신 사람이었다.

어쨌든 K. K는 고개를 가로저었다.

"힘이 들어갔었네."

그러고도 미간에 잡힌 주름은 퍼지 않았지만. 넌더리가 난다는 듯 중얼거렸다.

"죽음을 향수할 것이다, 라니. 확실히 사람 깔보는 것 같은 말투네."

"하지만, 발레리는…."

"아무 것도 모르는 어린애를 이용하는 녀석들은 죄다 쓰레기야. 생각하고 말 것도 없었는데. 그런 각오를 하지 않았던 나 자신에게 화가 나. 날뛰고 싶어."

적이 누가 되었건 죽이겠다는 표정이었다.

설령 그것이 미래의 재프라 해도.

레오는 침을 삼키며 생각을 고쳤다. 조직의 합의라면 이미 이루어진 상태였다. 해야 할 일이 정해졌을 때, 라이브라는 망설이지 않는다. 악의와 맞서 싸운다는 그 하나의 목표에 있어서는.

그때.

"페이크 해튼이야. 어떻게든 두 시간 후에 도로를 봉쇄할 수 있어. 넓이도 커버할 수 있을 테고."

스티븐이 여러 개의 전화를 동시에 끊으며 말했다.

K. K가 물었다.

"봉쇄는 그렇다 치고, 이미 그곳에 있는 사람들은 어떻게 피난시켜?"

"요전에 마침 경찰이 지역 홈리스를 일제히 퇴거시킨 뒤라 말이지. 썩 유쾌한 이야기는 아니었는데, 전화위복이 되었군."

"저격 가능한 포인트를 찾으러 먼저 갈게. 예정이 변경되면 연락해 줘."

말하자마자 K. K는 밖으로 나갔다.

ONLY A PAPER MOON
BLOOD BLOCKADE BATTLEFRONT

페이크 해튼―페이크 맨해튼이라는 것은 해결되지 않은 대붕괴의 수수께끼 중 하나였다. 이계와 이어지는 계기가 된 붕괴로 인해 뉴욕은 재구축되었지만 센트럴파크도 엉뚱한 위치에 출현했다. 뿐만 아니라 여럿으로 분열되어 이곳저곳으로 흩어지기까지 했다. 오늘 레오 일행이 갔던 곳도 그중 하나였다.

더불어 센트럴 파크와 몹시 비슷한 또 하나의 센트럴 파크도 출현했다. 이쪽은 분할되지 않았지만 모든 것이 돌로 되어 있었다. 연못도 풀도, 그곳에 있었던 인간들도 석상이 된 채로 나타난 것이다. 그 석상이 너무도 정교해 실은 이쪽이 진짜 센트럴 파크가 아니었을까 하는 소문이 돌았다.

그러면 뿔뿔이 흩어진 센트럴 파크와 함께 귀환한, 살아 있는 사람들의 정체는? 이라는 괴담과도 맞닿아 있었다. 석상을 손상시키면 피를 흘린다는 소문도 돌았다. 밤이 되면 걸어 다닌다, 비탄에 젖은 목소리가 머릿속에 울려 퍼진다…. 그러한 증언이 끊이지 않았지만. 애초에 그런 일은 비단 그곳에서만 일어나는 것이 아니었다.

이러한 괴담 탓에 안 그래도 으스스한 분위기를 풍기는 페이크 맨해튼을 가까이 하려 하는 사람은 많지 않았다. 결과적으로 주소가 불분명한 자들이 모여들었지만 인기가 있는 장소는 아니었다. 가게도, 쓸 만한 자재도 없는, 풀 한 포기 자라지 않

는 돌투성이 광장에서는 생활할 수가 없기 때문이다. 그럼에도
그곳에 있을 수밖에 없는 최하층 주민들을 경찰들이 꾸역꾸역
쫓아낸 것은 페이크 맨해튼이 종종 범죄 거래나 항쟁 장소(그리
고 무단 영화촬영 장소 따위)로 사용되는 위험 지역이기 때문으
로, 대의명분이 없었던 것은 아니었다.

"반경 반 마일을 커버하려면 공원 중앙으로 가야겠군."

"그런 데 꼬맹이를 혼자 두자고요?"

반대한 것은 재프였다.

스티븐은 조용히 대답했다.

"당연히 감시는 할 거고 K. K가 지킬 거야."

"최소한 근처에 한 명 정도는 더 있어야 할 거 아님까."

"하지만—"

"저는 곁에 있을 겁니다. 매듭을 지어야 하니."

재프가 발레리의 손을 잡은 채 단언했다. 조금 전에 K. K가
보였던 것과 같은 눈이었다. 죽일 생각이다. 적이 자기 자신이
라도.

"나도 가지."

크라우스가 입을 열었다.

그리고 남은 스티븐과 레오를 바라보며 곧이어 말했다.

"이 이상은 안 되네. 자네들은 충분히 거리를 둔 채 대기하게."

ONLY A PAPER MOON
BLOOD BLOCKADE BATTLEFRONT

반론은 허락지 않겠다는 말투였다.

라이브라의 리더는 자리에서 일어났다. 자리에 앉아 있을 때는 허리를 굽히고 있었던지라 몸을 일으키고 나니 더욱 크게 느껴졌다.

"지휘는 자네가 맡아 주게나, 스티븐."

"알겠어."

"그럼, 가지."

호령이라기에는 나직한 목소리였지만.

라이브라는 그 한마디에 하나로 뭉쳤다.

페이크 맨해튼에 도착한 시각은 21시 35분.

도중에 검문소가 늘어서 도로를 봉쇄하기 시작했다.

덕분에 길이 막혔던 것은 오산이기는 했지만 아직 시간은 있었다.

공원 안을 레오가 멀리서 둘러보며 사람이 있으면 쫓아냈다. 아슬아슬한 시간까지 할 수 있는 일은 모두 했다. 23시 20분. 문제의 자정까지 눈을 쉴 시간을 남긴 채 간신히 작업을 마쳤다.

그동안 배치도 결정했다. 부지 중앙에 발레리, 재프, 그리고 크라우스. 거기서 정확히 반 마일 거리에 자리한 엄폐물에 스티븐과 레오가 숨어 감시했다. K. K의 위치는 아무도 알지 못했지만 장소를 확보했다는 보고는 들어왔다.

"저 아이, 긴장한 것 같은 걸. 재프도 그렇지만."

스티븐의 속삭인 말을 듣고 레오는 자신의 불안한 마음을 입에 담았다.

"무슨 일이 일어날 것 같으세요?"

"그야 나도 모르지. 아무 일도 안 일어날지도 몰라."

그의 말투는 평소처럼 차분했다.

"이럴 때는 글쎄. 기도하는 수밖에 없지."

"…뭐한테 기도하면 될까요."

"응?"

"이 도시에 있다 보면 은근 아무렇지도 않게 진짜 엄청난 '것' 이나 신 비슷한 거랑 맞닥뜨리고는 하잖아요?"

"으음, 그렇지. 기적도 그렇게까지… 옛날만큼은 보기 드물지 않게 되었고. 기도라는 건 눈에 보이지 않는 존재에게 하는 것이기도 하고 말이야. 그렇게 생각하고 나니 이곳은 참 잔혹한 곳인 것 같군. 그러고 보니 요전에 어딜 어떻게 봐도 천사로만 보이는 생물이 비둘기를 잡아먹는 모습을 봤어."

"그럼?"

"아니, 기도할 거야. 그래도 우리는 기적이 일어나기를 기도

ONLY A PAPER MOON
BLOOD BLOCKADE BATTLEFRONT

해야 해."

시간이 다가왔다.

돌뿐인 정원에 부는 바람은 차가웠다. 상공에 자리한 안개에 걸려진 별빛은 부드럽고도 여려서, 레오는 세 사람의 모습을 볼 수 있었지만 스티븐의 눈에는 보일지 어떨지 알 수 없었다. K. K도 마찬가지다.

이변의 조짐을 놓치지 않고자 한시도 눈을 떼지 않았다. 스티븐이 말했듯이 이런 경우에서 전개를 예측할 만한 편리한 정보란 없었다. 아니, 스포일러 발언이라면 이미 있었지만….

문득 생각이 떠올라 레오는 말했다.

"생각해 보니 이번 건 지금까지의 스포일러와는 좀 달랐네요."

"다르다고?"

"지금까지는 과거에 일어난 일을 고자질해 왔어요. 하지만 이번 건 완전히 저쪽 사정에 관한 이야기였잖아요."

"그렇군."

스티븐은 턱에 손을 가져다댄 채 중얼거렸다.

"즉… 마각을 드러낼 지도 모른다는 거군."

"앗."

변화가 일어났다.

레오가 아니라도 알아챌 수 있을 정도의 변화가. 강렬한 빛이 스포트라이트처럼 발레리 일행의 위에서 쏟아졌다. 하늘에서, 라고 표현할 정도로 높지는 않았다. 불과 10미터 정도밖에 안 되는 높이라 멀리서는 그렇게까지 눈에 띄지 않았다.

동시에 발레리의 몸이 떠올랐다. 아직 재프와 손을 잡고 있었지만 점점 상승해서 손이 손가락에, 손가락이 손끝에 걸리더니, 결국 떨어졌다.

어떻게 될까. 대폭발이라도 일어날까, 아니면 죽을병이라도 걸린 듯 재프 일행이 삽시간에 썩어 문드러질까.

발레리는 빛의 근원으로 끌려갔다. 아직 사라지지는 않았지만 그곳에 공간의 구멍이 있다는 사실을 레오는 겨우 육안으로 확인했다. 평범한 시력으로는 보이지 않으리라. 아니, 볼 방도가 없으리라. 그리고 그 구멍에서 모습을 드러낸 것이 있었다.

인간이었다. 온몸이 넝마 쪼가리 같았지만 얼굴에는 사악한 미소를 지은 장년의 남자. 한쪽 팔, 한쪽 다리, 그리고 절반 정도가 부서져 흘러내린, 무시무시하도록 흉악한 얼굴을 하고 있었다. 눈동자 색도 검고 탁해 공허한 구멍처럼 보이기도 했다.

총성.

그와 동시인지, 그보다 빨랐는지.

번개를 두른 K. K의 총탄 두 발이 남자의 머리에 명중—할 듯 보였지만, 그 직전에 튕겨나갔다. 번뜩인 전격이 후려친 것

ONLY A PAPER MOON
BLOOD BLOCKADE BATTLEFRONT

은 표적이 아니라 상공에서 비친 빛에 모여든 나방 무리뿐이었다. 어둠과 빛이 뒤섞여 폭발하는 가운데 날벌레들이 눈처럼 땅바닥으로 떨어졌다.

재프도 움직였다. 칼날을 날려 베려 했으나 결과는 같았다. 크라우스도 반대쪽에서 덤벼들었다. 대기 지점까지 진동이 전해져 오는 듯한 충격으로 돌투성이 공원이 요동치고 돌이 나뒹구는 메마른 소리가 울려 퍼졌다.

그럼에도 전혀 통하지 않았다.

"돌아가는 게 어째 이상하군."

스티븐은 시계를 보았다.

레오도 확인했다. 시각은 24시 1분.

"우리도 가지."

스티븐은 뛰쳐나가 현장으로 향했다.

그의 속도에는 미치지 못했지만 레오도 달렸다.

거리는 있었다. 바닥도 우둘투둘해서 도착하려면 5분 정도는 걸릴 것이다. 그동안 계속 얻어맞을 남자가 멀쩡할 경우, 끝까지 반격하지 않는다면 그것도 이상할 노릇이겠지만.

도착한 순간, 바로 그러한 상황이 펼쳐져 있었다. 스티븐까지 참가해서 네 명의 혈법이 쇄도해도, 나타난 남자는 털끝 하나 움직이지 않았다. 모든 공격이 코앞에서 멈추고 말았다.

남자가 막고 있는 것이 아니라는 사실을 안 모두가 공격을 멈췄다.

"나를 살해하는 건 허가되지 않은 일이지. 스포일러의 리스트에 없으니… 뭐, 평범하게 상대해 줘도 상관은 없겠지만. 4대 1이라면 조금은 재미를 볼 수 있을 텐데. 죽일 수가 없으면 똥을 중간에 끊는 격일 테니."

흰머리를 쓸어 올리며 남자가 입을 열었다. 뭐, 머리카락은 거의 남아 있지 않았지만. 아니, 그렇다기 보다 두개골이 절반 정도 겉으로 드러나 있었다. 풍모만 놓고 말하자면 살아 있는 해골이라 해야 할 판이었다.

"그렇다면, 그 경고는…."

"당연히 뻥이지. 사람들을 물리기 위한. 이 시대의 그 누구도, 벌레 한 마리도 죽여서는 안 되거든. 내 손으로는."

그렇게 말하며 그 손을 움켜쥐었다.

처참한 모습이기는 했지만 남자의 몸에 새로 난 상처는 없었다. 모두 예전에 입은 것이리라. 고통을 견딘 끝에, 그 괴로움조차 잊은 듯한 무차별적인 혐오감이 비틀어진 미소에 고스란히 담겨 있었다.

불길한 예감이 들었다. 인정하고 싶지는 않았지만. 겉모습, 말투, 그리고 몸짓에 이르기까지. 모든 것들이 그 남자가 누구

ONLY A PAPER MOON
BLOOD BLOCKADE BATTLEFRONT

인지에 관한 생각에서, 잔혹한 결론과 이어진 길 이외의 도주로를 앗아가고 있었다.

'설마… 그럴 리가… 정말로…?'

그야말로 기도하듯 그러한 말을 되뇌며.

레오는 남자와 재프를 번갈아 보았다.

하늘에 난 구멍에서 내려선 남자와 그것을 올려다보는 재프를.

공격은 멈췄지만 그 여파는 아직 공기의 흐트러짐이라는 형식으로 남아 있었다. 재프는 자세를 풀지 않았다. 늘 전장에서처럼, 아무 말 없이 험악한 눈으로 그저 적을 노려보았다.

그에 반해 남자는 그저 냉랭하게 그를 내려다보았다. 두 사람의 시선이 한 곳에서 교차되었다. 남자가 내민 채 움켜쥔, 오른 주먹. 그 손에는 무기가 들어 있었다. 한 조각의 금속덩이. 무언가로 인해 한 번 파괴된 듯 찌그러져 있었지만 그것은 재프의 라이터가 분명했다.

망가진 것은 아니었다. 얼마나 오래 썼기에 그렇게 된 것인지, 손바닥 모양으로 마모된 흔적이 역력했다. 사용할 생각으로 집어든 것은 아닌지, 그냥 내보이고는 다시 품안에 집어넣었다.

"후욱— 후욱—"

거친 숨을 몰아쉬기 시작한 것은 재프였다. 철가면처럼 굳게 유지되고 있었던 무심한 얼굴이, 구깃구깃 일그러졌다. 분노, 그리고… 분통함 때문일까.

그것을 내려다보는 남자의 표정에는 정반대로 여유가 퍼져갔다. 남자는 더 이상 관심이 없다는 듯 재프를 무시하고 크라우스에게로 시선을 옮겼다.

"반갑구만, 크라우스 보스. 다른 녀석들은… 미안하지만 기억이 안 나네. 10년이라. 그쪽도, 나를 금방은 못 알아본 것 같지만."

"자네가 누구인지는 모르네."

적에게 닿지 못했던 자신의 주먹에 남은 감촉을 되새기며 크라우스는 시큰둥하게 말했다.

모를 리가 없잖아…라고 생각한 것은 레오뿐만이 아니었으리라. 스티븐도 입 밖으로 내지는 않았지만 눈살을 찌푸리고 있었다. 재프도.

그리고 남자도.

그는 뺨을 두드리며 웃기 시작했다.

"진짜로? 의외로 둔한 걸, 보스."

이야기하며 남자는 땅바닥에 내려섰다.

몸에 멀쩡한 구석이라고는 하나도 없는 몰골이었지만 움직임

ONLY A PAPER MOON
BLOOD BLOCKADE BATTLEFRONT

은 가벼웠다. 목소리도.

"재프 렌프로야. 댁들은 내게는 오랜만에 보는 낯짝들이고."

"그렇다는 것은…."

"그래. 꼴이 말이 아니기는 하지만. 어떻게 이렇게 됐는지는, 너희에게는 최근 일이니 알겠지? 보아하니 계획은 성공한 모양이군."

그가 재프를 바라보며 말을 이었다.

"그 저주. 다 잡아놓고 그 시시한 기드로 따위를 죽이지 못했던, 젊은 날의 후회. 단 하루도 잊은 적이 없었지."

"그래서 발레리를 보낸 거냐."

허공에 떠 있는 그녀의 귀에는 이쪽에서 나누는 대화가 들릴까. 겁에 질려 경직되어 있는 것처럼 보이는 모습을 통해서는 알 수 없었지만.

자신을 노려보는 재프를, 재프가 비웃었다. 말 그대로 그 젊은 날의 자신을.

"저 계집의 양부가 나를 찾아냈지. 어슬렁어슬렁 만나러 왔기에 이용해 먹기로 했고. 이래저래 제약이 있거든. 우선 과거로 보낸 녀석이 직접 개편(改編)에 손을 대서는 안 돼. 그래서 이쪽 시대에 있는 녀석을 유도하는 수밖에 없었지."

"성공한 것치고는 네게 영향이 나타나지 않은 것 같은데?"

ONLY A PAPER MOON
BLOOD BLOCKADE BATTLEFRONT

스티븐이 물었다.

미래의 재프는 위를 가리키며 답했다.

"저 계집이 미래로 돌아가면 개편이 확정돼. 그렇지 않다면 굳이 마중을 오는 수고를 했겠어? 설마 저걸 죽여서 방해할 생각은 아니겠지?"

이야기 중에도 발레리는 계속 상승했다.

울고 있었다. 뭐라 외치며 재프에게 손을 뻗은 것 같았지만 잘 들리지 않았다. 공간의 구멍에 가까워진 탓일까.

그녀의 우는 얼굴을 통해 이야기가 다 들렸음을 똑똑히 알 수 있었다. 어쩌면 귀환을 눈앞에 두고 기억의 봉쇄가 풀린 것일지도 모른다.

그럼에도 발레리는 재프를 원망하지 않았다. 목소리는 들리지 않았지만, 입술을 움직이는 것이 레오에게는 보였다. '아니야' '지지 마' '제발'….

재프는 그녀를 마주 보며 외쳤다.

"울지 마! 걱정할 거, 하나도 없어!"

목소리는 전해졌다. 발레리가 놀란 듯 입을 다물었다.

순간적으로 눈물이 가신 그녀에게 보낸 재프의 미소는 아직 조금 어색했지만. 못 봐 줄 정도는 아니었다.

그리고 말했다.

"…곧장 집으로 가."

발레리의 모습이 구멍으로 사라졌다.

그러자.

선언했던 대로 미래의 재프가 변화했다. 상처가 없어지고 나니 확실히 평범하게 나이를 먹은 재프 렌프로의 모습이 되었다. 굽어졌던 허리를 펴고 재생된 얼굴과 머리카락을 만지작거리며 남자는 홍소를 터뜨렸다.

돌로 된 공원에 요란한 웃음소리가 메아리치는 가운데, 타이밍을 잰 듯 물음을 던진 것은― 젊은 재프였다.

"그럼… 내가 여기서 죽으면 너도 죽냐?"

미래의 재프는 고개를 갸웃하며 미소 지었다.

"해 보지 그래?"

그 즉시, 망설임 없이.

피로 된 칼날을 거꾸로 들어. 재프가 자신의 가슴에 꽂으려― 한 순간.

그것을 제지한 것은 크라우스였다. 재프의 팔을 콱 붙든 채.

남자 쪽으로 다시 고개를 돌렸다.

"의외로 둔한 것 같으니 다시 한번 말하도록 하지. 자네가 누구인지는 모르겠지만 재프는 아니네."

"어째서 그렇게 생각하지?"

ONLY A PAPER MOON
BLOOD BLOCKADE BATTLEFRONT

"재프가 자네처럼 타락한다면, 내가 그날로 죽었을 테니."

허풍도 농담도 아니라.

당연한 사실이라는 듯 크라우스가 그렇게 말한 것은. 그것이 맹세이기도 하기 때문이리라.

원칙적으로 한 번 서약한 일은 절대로 무르지 않는 남자의 말이었다.

"발레리도 그랬어요."

레오도 중얼거렸다.

"저 녀석 이야기는 사실이 아니라고."

"이거 원."

미래에서 나타난 재프의 목소리가 바뀌었다.

흥이 깨졌다는 태도로 팔을 내렸다.

"…믿을 생각이 없다면 계속한들 의미가 없나…."

거죽 안에서 무언가가 스르륵 꿈틀대는 듯하더니.

또다시 남자의 모습이 바뀌었다.

본 적이 없는 남자였지만.

나이를 판별하기 어려운, 밋밋한 얼굴을 하고 있어 20대에서 40대 사이 어디쯤이라고 밖에 표현할 수 없었다. 하지만 아마 그 어느 쪽도 아닐 것이다. 훨씬 오랜 세월을 산 존재 같았다. 하얀 피부. 그에 대비를 이루는 검은 눈동자. 스마트한 행동거지. 가면처럼 무미건조한 미소.

가느다란 손목을 장난스럽게 달랑달랑 흔들어 보였다.

"괜한 소리는 하는 게 아니었는데. 욕심이 앞섰군. 하지만 조졸한 역사 개편이라도 투자한 품은 이만저만 아니거든. 정말로 이 자리에서 전부 죽일 수 있다면 얼마나 좋을까. 하지만 허가되지 않은 일이야. 시간의 초신(超神), 리카무파류무류우에— 뭐 이름을 말하는 데만 30분이 걸리니 관두기로 하지. 어쨌든 그 존재는 성미가 까다롭거든."

상공에 자리한 구멍을 올려다보며 질렸다는 표정을 지었다.

"이미 성공한 것만으로 만족하는 수밖에 없겠어. 뭐, 목적은 달성했으니까."

"악취미적인 장난질로만 보이네만."

"그건 말이지, 자네들이 이제 일어날 리가 없어진 미래를 모르기 때문이야. 무엇을 뭉개 버렸는가 하면…."

가만히 재프를 가리키며 말을 이었다.

"저 자의 혁신의 싹을 꺾었지."

"재프의…?"

"재프 렌프로가 비약적으로 연마되는 계기가 된 사건이지. 좀전의 모습을 보았을 텐데."

"그 산송장이 된 나 말이냐?"

ONLY A PAPER MOON
BLOOD BLOCKADE BATTLEFRONT

"산송장…? 웃기지도 않는 소리. 저주로 혈법을 못 쓰게 되기는커녕 그 상태에서 계속 기술을 연마해 송곳니 사냥꾼의 정점에 섰다. 다른 데에는 눈길조차 주지 않고, 수라처럼. 최근 10년 동안 녀석이 처리한 마술범죄자의 숫자는 헤아릴 수 없을 정도지…."

넌더리가 난다는 듯 몸서리를 쳤다.

"정말로, 무섭지. 기억조차 까마득한 먼 옛날부터 잠복했던 나의 계획을 저지한 것도 녀석이다. 나는 많은 것을 잃었지. 조직도, 자산도, 군대도. 모두 재프 렌프로 한 놈에게!"

"내, 내가? 쑥스럽구만~"

"멋대로 쑥스러워 하지 마라! 미리 말해 두겠는데, 미래에서 너는 내게 졌다! 딸이 나타난 탓에 말이지!"

쩌렁쩌렁한 목소리로 남자가 호통을 치자 하마터면 들뜰 뻔했던 재프도 안색을 바꾸었다.

"그것도 내가 발견한 것이었지. 너를 찾아다니는 탐정이란 녀석을 찾아내서 검사 결과를 들었다. 그걸 네게 은근슬쩍 알리자… 홀랑 넘어오더군. 쉽게도 스포일(spoil)—망가지더라 이 말이야!"

팔을 치켜든 채 몹시도 호들갑스럽게.

마술사는 소리를 쳤다.

"그때 배웠지! 인간의 미묘한 감정이라는 것을! 그 무시무시했던 네가, 딸 하나가 출현했다는 이유만으로 그렇게나 덧없게 의도한 바대로 되다니! 붙잡아다 실컷 고통을 주기는 했지만, 그런 녀석 때문에 지금까지 입은 피해를 생각하자니 분이 가시질 않아서 말이지…. 그래서 이 계획을 생각해 낸 거다."

"스포일러…."

저절로 나온 말을 입에 담아보니 실로 떨떠름한 말이 아닐 수 없었다.

레오가 그 맛을 곱씹고 있자니 마술사는 그 표정에 만족한 모양이었다.

"그렇지. 정보는 재프 렌프로 본인에게서 쥐어짜냈다. 나머지는 뭐, 아까 설명했던 대로지. 그리고 이제 남은 일은 미래로 돌아가 과거부터 준비해 왔던 계획을 다시 시작하는 것뿐이다. 나는 모든 것을 손에 넣을 것이야."

그때.

말의 끝부분이 충격음으로 지워졌다.

레오도 넘어질 뻔했지만 마술사는 전혀 꿈쩍도 하지 않았다. 하지만 또다시 그를 뒤에서 두들겨 팬 것은 크라우스였다.

세 번, 네 번. 폭탄과도 같은 일격을 박아 넣었다. 결국 모두 닿기 직전에 멈춰 버렸지만.

ONLY A PAPER MOON
BLOOD BLOCKADE BATTLEFRONT

"부질없는 짓을… 미쳐 버린 건가?"

마술사가 코웃음을 쳤다.

크라우스는 그야말로 꿈쩍도 않고 공격을 퍼부어 댔다. 곁에서 보아도 부질없을 듯한 공격을.

"보스!"

잠시 멈춘 새에 재프가 외쳤다.

"그래봐야 이번에는 진짜로 소용이 없을 거야! 그 녀석은 마술사 나부랭이지만, 지키고 있는 건 시간을 주물러 대는 괴물이라고!"

그것은 이 자리에 있는 자들 모두가 공유하고 있는 생각이리라.

나부랭이라는 말에 마술사는 뺨을 씰룩였지만 일일이 반론하지는 않았다. 그 정도로 자신의 입장은 절대적이라는 확신이 있었던 것이리라.

하지만 나머지 한 사람. 크라우스 역시 결코 신념을 굽히지 않았다.

"재프."

"어, 어엉."

어떠한 감정인지 분간할 수조차 없을 정도로 굳은 목소리인 탓에 재프는 압도되었다.

크라우스는 방금 전 운동으로 흐트러진 옷깃을 바로잡으며 다시 자세를 취했다.

"이야기를 이해하기는 한 건가? 이는 자네를 망가뜨리기 위한 책략이었네. 고작 그런 목적으로, 이만큼의 일을 했어."

"그래….'

기어들어가는 목소리로 재프가 대답하자.

크라우스는 느닷없이 대갈일성(大喝一聲)했다.

"정신 차려라! 재프 렌프로!"

어안이 벙벙해지도록. 지금까지 퍼부었던 타격 이상의 위력을 담아.

크라우스는 축 늘어져 있던 재프를 거침없이 질타했다.

"저주에 걸려서도 마음이 꺾이지 않고 10년간 연구를 거듭한 네놈보다, 멀쩡한 상태라도 흐리터분한 네놈이 훨씬 처리하기 쉬우리라고 녀석은 판단한 거다. 전자 쪽의 자네는 이미 사라졌네. 후자 쪽인 자네가 보다 강해져 해내야만 해."

이런 식으로 크라우스가 목소리를 높이는 일은 드물었다. 처음일지도 모른다고 레오는 생각했다. 하지만 분노 때문이 아니었다.

어쩌면….

'크라우스 씨, 기뻐하고 있는 건가?'

ONLY A PAPER MOON
BLOOD BLOCKADE BATTLEFRONT

재프의 잠재력을 알게 되어서. 그리고 물러서지 않는 인간의 힘을 알게 되어서. 설령 그것이 소실되었다 해도. 이 우직하도록 신조를 중시하는 남자는 그것으로 충분한 것인지.

그러한 마음을 실어.

주먹을 휘두른다. 그 타격의 박력과 발산된 노도와도 같은 충격을 보고 있자니, 아무도 선뜻 가세할 마음이 들지 않았다. 다른 누군가가 다가가면 그것만으로 액화되어 버릴 듯했다.

그럼에도 마술사에게는 도달하지 않았다.

"보기 흉하군⋯."

몇 방. 몇 십 방을 넘어서도.

크라우스는 멈추지 않았다.

통할 리 없음을 알면서도.

분노며 살의를 벗어나, 그저 순수하고도 격렬하게.

타격음만을 자아내는 지휘관의 뒷모습을 보며, 라이브라에 속한 자들은 말없이 위치를 잡았다.

작전이라 할 만한 것도 없었다. 스티븐이 등 뒤에 자리를 잡은 것은 크라우스가 한계를 맞이하면 신속히 교대하기 위해서였다. 하지만.

그 앞에 재프가 끼어들었다. 스티븐은 의외였는지 눈이 휘둥그레져 크라우스의 바로 뒤로 걸어가는 재프를 배웅했다.

재프는 자세를 취하기는커녕 주머니에 손을 쑤셔 넣더니…
담배를 꺼냈다. 눈앞에서 휘몰아치는 폭풍과 폭탄급의 타격을
아무리 맞아도 꿈쩍도 않는 벽. 인간의 오기로써 우주의 근원
과도 가까운 강대한 힘과 대등하게 격돌하는 모습을 바라보며
담배 연기를 뿜어 냈다.

연기도 충격파로 흔들리는 가운데, 재프는 마술사와 크라우
스의 격돌에서 눈을 떼고 상공에 난 구멍을 올려다보았다. 구
멍은 육안으로는 보이지 않으니 그는 발레리가 소실된 장소를
막연히 바라본 것이리라.

담배를 떨구고 발로 밟아 끈 것과 거의 동시에 크라우스의 공
세가 멈췄다.

크라우스는 담배가 떨어지는 소리를 들은 것이 아니라, 그것
을 다 피운 재프의 눈빛을 느꼈다.

끊임없이 공격을 퍼부어 대던 크라우스도 숨이 차는지 작은
바위 같은 거구가 위아래로 들썩였다. 몸에서 피어오른 것은
증기…라기보다는 연기라 해야 할까. 마찰과 충격으로 옷이 그
을릴 정도로 몸이 뜨거워진 상태였다.

지분거리던 라이터를 움켜쥐고서, 재프가 입을 열었다.

"정 그렇다면 보스… 매듭은 내가 짓게 해 주쇼."

"……."

크라우스는 아무 말 없이 몸을 빙글 돌렸다.

망설임 없이 걸음을 옮겨, 재프의 옆을 지나쳐 갔다. 격려도, 별다른 지시도 하지 않고. 그저 모든 것을 맡겼다.

'저기… 심정은 알겠는데요.'

레오도 역시나 말없이 일동을 둘러보았다. 스티븐과 눈이 마주쳤다. 그는 이럴 때 이의를 제기하는 사람이 아니었지만 그럼에도 크라우스처럼 전면적으로 맡기지는 못하겠다는 눈치였다.

'그럴만도 하지. 크라우스 씨가 그만큼 쳤는데도 안 통했는데.'

마술사는 그 모든 것을, 팔짱을 낀 채 흘겨보고 있었다.

조금 전에 재프가 했던 말이 맞았다. 상대가—아니, 상황이 좋지 않았다. 적을 지키고 있는 것은 개인의 힘이나 기술로 돌파할 수 있는 단절이 아니었다.

재프가 걸어 나갔다. 아직 전투태세가 아닌지 깨나른하게 위를 가리키며 말했다.

"저 위에 미래가 있다고?"

"그래."

재미있어 하는 마술사의 말을 재프는 심드렁하게 되받아쳤다.

"의외로 시시한 곳에 있구만, 미래란 거."

"자네 따위에게 개정고차공간사면이론이라는 것을 설명할 생각은—"

길어질 듯했던 상대의 말을, 재프는 깡그리 무시하고 말했다.

"그 미래의 나는 졌다고 했지?"

이야기를 끊자 마술사는 불쾌한지 얼굴을 찌푸렸지만.

썩 기분 나쁜 화제는 아니라 생각을 고치고는 다시 미소를 머금었다. 그러고는 가슴을 두드리며 말했다.

"그래, 맞다. 최강의 송곳니 사냥꾼이었던 네놈을, 이 몸이 해치웠지."

그 말을 들은 재프는.

콧방귀를 뀌었다.

"그 미래에 있는 나란 놈은 더럽게 약한 모양이네."

"…뭐라고?"

"한눈도 안 팔고 수행을 해애? 그럴싸하게 들리기는 하지만, 바싹 말라비틀어지도록 노력했다면서 숨겨 둔 자식 하나 나타난 정도로 벌벌 떨어? 너 같은 머저리한테 당할 정도니 별 거 아니었겠구만 뭘. 그딴 건 지금의 내가 보기에는, 그거거든. 이미 지나쳐 버린 나거든."

"본인이 무슨 소리를 하고 있는지 아는 거냐?"

분명 재프의 말은 지리멸렬하기 그지없었지만.

ONLY A PAPER MOON
BLOOD BLOCKADE BATTLEFRONT

재프는 적의 말 같은 것은 신경 쓰지도 않았다. 라이터를 움켜쥐고 피를 끌어올려 자신의 키를 훌쩍 넘길 정도로 광대한 칼날을 형성해 냈다.

"네놈이야말로, 뭘 안다고 지껄이냐. 지금부터 후회하게 해주지. 나를 훨씬 어려운 상대로 만들어 버린 일을 말이야."

그리고―

덤벼들어 칼날을 박아 넣었다.

하지만.

격렬한 땅울림도, 폭풍도. 위력은 조금 전 선보였던 크라우스의 맹공에 뒤지지 않을지 모른다.

'하지만…!'

땅이 흔들리는 바람에 휘청대다 무릎을 꿇은 채, 레오는 신음했다.

그렇다고 앞서는 것도 아니고, 설령 앞선다 해도 통하지는 않을 것이다. 의미가 없다.

그를 뒷받침하듯 마술사는 큰소리로 웃었다.

"아핫핫핫! 결국 그 정도냐! 인간의 오기란 것은! 목숨을 걸 각오란 것은! 보기 딱하군 그래, 눈에 보이는 현상을 애써 외면하는 우매함이란!"

"치이이!"

공격이 튕겨 나와 반동으로 되밀릴 때마다 크게 몸이 흔들리는 것은 몸이 가벼운 재프의 약점이라 해야 할까.

그럼에도 기백만은 변하지 않았다. 꿈쩍도 않는 표적을 고양이처럼 집요하게 공격해댔다.

마술사는 일사불란하게 공격을 퍼붓는 재프를 바라보며—

"설마 내가 손을 대지 못할 것이라 생각해 안심한 건 아니겠지?"

딱, 하고 손가락을 튕겼다.

그 즉시 재프의 턱이 치솟았다. 두개골이 박살난 것이 아닐까 하는 착각이 들 정도의 기세로 몸이 솟구쳐 똑바로 땅바닥에 떨어졌다.

쇼트 어퍼로 카운터를 먹인 것일까. 그토록 가열하게 공격을 퍼붓던 도중에 반격을 당하리라 예상키는 어려웠다. 아무리 뛰어난 기량을 지닌 적이라도 제압력 그 자체가 완전히 무효화 되는 일은 일반적으로 있을 수 없기 때문이다.

하지만 그러한 일을 당했다. 재프는 대자로 뻗은 채 한껏 젖혀진 몸을 파르르 떨었다. 뇌진탕이 일어난 것이리라. 피로 된 칼날도 녹아 없어졌다.

마술사는 더욱 목소리를 높여 외쳤다.

"가지고 노는 것 정도는 허락되어 있거든! 지금의 나는 의심할 여지 없이 이 행성 최강의 존재란 말이다!"

레오도 크라우스도, 그리고 스티븐도.

재프를 구하러 가지는 않았다. 재프가 정신을 잃은 듯 보여도 그저 하늘을 올려다보고 있을 뿐임을 알았기 때문이다. 발레리가 떠나간 구멍을.

"…르는구만."

말을 제대로 하지 못했다. 턱이 움직이지 않았다.

어긋난 턱을 끼워 맞추며 재프가 몸을 튕겨 일어났다.

"모르는구만. 진짜 강한 게 어떤 건지."

"전형적인 패자의 뒷말이로군."

"그럴지도 모르지. 입으로 조곤조곤 설명해 줄 생각은 없었거든."

주먹을 치켜들고 덤벼들었다.

결과는 같았다. 재프가 덤벼들고 튕겨져 나오고, 때로는 반격을 당해 나동그라졌다. 그러기를 반복했다.

"몇 번이고 말해 주마! 소용없다! 부질없는 짓이야!"

마술사가 외치는 가운데, 재프가 쓰러져 있는 시간이 길어졌다.

부상이 늘어 칼날을 자아내는 일조차 하지 못하게 돼서도.

그 무위한 일의 반복을 재프는 그만두려 하지 않았다.

레오는 시계를 들여다보았다. 밤바람이 부는 가운데 같은 광경을 가만히 지켜본 탓에 관절이 굳어 버린 듯한. 그런 오한이 들 정도의 시간이 지나 있었다.

이윽고.

마술사의 얼굴에 처음으로 동요하는 기색이 보였다.

"뭐야? 말도 안 돼…."

닥쳐오는 주먹을 보고 숨을 헐떡이며 말을 이었다.

"좀 전보다 가까워졌어―? 어떻게 이런 일이! 인과방어막이 깨질 리가 없어! 특이점생태의 오버파워란 말이다!"

무슨 일이 일어난 것인지, 레오는 순간 이해하지 못했지만.

상처투성이가 된 재프가 음험하게 입가를 올리는 모습이 보였다.

한 방 한 방을 내지를 때마다 주먹이 방어를 뚫고… 접근하고 있는 것일까.

"있을 수 없는 일이야…!"

마술사는 가슴을 억누른 채 비틀댔고.

그렇게 한 걸음을 물러나자마자 발치에서 뿌직, 하는 소리가 났다.

그런 작은 소리가 들린 것은 재프가 손을 멈췄기 때문이다. 천천히 주먹을 내렸다. 이로써 모든 공격이 끝났다는 듯이.

마술사가 주저하며 발을 치워 보니. 그곳에는 한 마리의 나방이 깔려 있었다.

"벌레 한 마리 죽이지 말 것. 그게 규칙이랬지?"

재프가 말했다.

마술사가 밟은 것은 인기척 드문 이 공원에서, 구멍에서 쏟아진 빛에 꼬였던 나방 중 한 마리였다. 조금 전 K. K의 탄환이 방출한 전격으로 인해 마비되었던 벌레가 일대에 깔려 있었다.

구멍에서 스멀스멀 기어 나온 검은 채찍 같은 촉수가 망연자실한 마술사의 몸에 닿았다. 그대로 몸을 휘감아 마술사를 들어 올렸다.

"말도 안 돼… 이런 일이."

"인간의 미묘한 감정을 배웠으면, 이번에는 곤충의 성질도 배우라고. 초신의 곁에서."

"말도안돼애애애애애애애이거어어어어어어언!"

촉수는 갈수록 늘어나 마술사를 휘감았다.

그리고 단숨에 끌어올려 구멍 속으로 사라졌다. 절규만을 남긴 채.

구멍도 사라졌다.

그 즉시 깜깜해졌지만 재프가 불을 밝혔다.

불빛을 늘리며 침을 뱉었다.

"별 것도 아닌 게."

허세를 부려 보이기는 했으나 이내 그 자리에 무릎을 꿇었다.

세 사람이 달려갔지만 굳이 손을 내밀지는 않았다. 레오도 그래서는 안 되는 분위기라는 것을 알아챘다.

크라우스가 물었다.

"어떻게 한 건가…?"

"그야 뭐, 이 몸의 끝내주는 근육이 사신조차도 능가하는 각성 펀치를—"

"쓸데없는 소리는 됐고."

제지한 것은 스티븐이었다.

평소의 재프였다면 얼마쯤 더 버텼을지도 모른다. 하지만 부상당한 곳이 정말로 아픈 것이리라. 별수 없이 한숨을 내쉬더니 오른 주먹을 들어올렸다.

"억…."

레오는 엉겁결에 숨을 죽인 채 뒷걸음질 쳤다.

재프의 주먹이 권투 글러브만큼 부풀어 올라 있었다.

"피를 모아 파열시켰어. 녀석은 내가 방어를 뚫고 있다고 착각한 거고."

헷, 하고 웃으며 덧붙여 말했다.

ONLY A PAPER MOON
BLOOD BLOCKADE BATTLEFRONT

"기적을 일으킬 것처럼 보였다 이거지."

그렇게 말하고 나자 금방 본래 크기로 돌아갔다.

아무리 그들이라도 어안이 벙벙해질 수밖에 없었다.

"그, 그런 잔기술로…?"

"딱 봐도 머저리 같았거든. 속임수에는 속임수로 맞서야지."

레오를 보고 그렇게 중얼거리고는… 이어서 구멍이 닫힌 허공으로 시선을 옮겼다.

"과연."

크라우스가 고개를 끄덕였다.

"훌륭했네."

그 한마디를 듣고 긴장의 끈이 끊겼는지, 재프는 털썩 쓰러졌다.

레오가 달려와 부축하자, 재프는 힘없이 얼굴 근육을 씰룩거리며 미소를 지어 보였다.

크라우스는 얼마간 그것을 내려다보고 있더니.

그대로 발걸음을 돌렸다. 그렇게 소리도 내지 않고 마술사가 마지막 순간에 있던 장소로 걸어가서는.

그곳에 무릎을 꿇었다. 깊숙이 고개를 숙인 상대는─ 짓밟힌 나방이었다.

"거대한 악을 쓰러뜨리기 위한 희생에 애도를. 우리가 짊어져야 할 죄네."

"…이런 부분은, 아직 못 당하겠구만."

반쯤 어이가 없다는 투로 재프가 중얼거렸다.

레오는 다시 시계를 들여다보았다.

24시 24분.

10년 후의 세계가 위기에서 벗어난 시각이었다.

ONLY A PAPER MOON
BLOOD BLOCKADE BATTLEFRONT

5 — Say, It's only a…

세계를 구한 뒤에는 으레 지루한 사후처리가 따라붙기 마련이다.

급히 교통봉쇄를 부탁한 경찰이며 관계각소에 감사와 사죄 전화를 돌리는 데는 하룻밤이 꼬박 걸렸고, 이 일은 크라우스와 스티븐이 밤을 새워 해치웠다.

현장에 남은 흔적을 지우는 일은(결과가 결과였던지라) 그다지 고생스럽지 않았다. 희생된 나방의 죽음을 정중하게 애도한 것이 다였다.

하지만 그 대신, 맨션 청소는 레오와 재프가 하게 되었다. K.K는 그 일에 말려들 것 같다는 낌새를 챘는지 곧장 돌아갔다.

하루 이틀 만에 끝날 일 같지가 않았지만 재프가 혈법으로 제 실력을 발휘하자 눈 깜짝할 새 끝났다. 쓰레기를 썰어다 봉투에 담는 일도 금방 끝났다. 제 실력을 발휘할 때까지 몇 시간 동안 꾸물대는 것을 어르고 달래 겨우 의욕을 북돋았더니 아침 해가 보이기 시작했지만.

라이브라로 돌아가 보니 사무실에는 또 아무도 남아 있지 않았다.

ONLY A PAPER MOON
BLOOD BLOCKADE BATTLEFRONT

보고서를 두고 곧장 돌아가도 상관없었을지 모르지만.

레오와 재프는 누가 먼저랄 것 없이 또다시 사무실 창문을 열었다.

그때와 같은 아침 햇살과 바람을 맞았다.

담배를 피우기 시작한 재프에게 레오는 맨션에서 가져온 봉투를 내밀었다.

"이거, 어쩔까요?"

발레리의 옷이었다.

그녀가 그린 그림도 함께 들어 있었다.

재프는 봉투를 내려놓고는 스케치북을 끄집어냈다. 펼쳐서 잠든 자신의 얼굴을 바라보았다.

"참 못 그렸네."

"그렇지도 않아요."

"그러냐…."

불만스럽게 말하며 발치에 놓인 봉투를 쳐다본 채 입을 열었다.

"옷은…. 경비로 산 거니 도로 내놓으라고 하지 않으려나."

"아마 괜찮지 않을까요."

"근데 의외로 그런 데서 쩨쩨하게 굴잖냐, 여기."

"귀찮으시면 제가 맡아둘게요."

레오가 손을 뻗어 봉투를 집으려 하자.

재프가 확 낚아채, 레오의 손이 닿지 않는 곳에 도로 내려놓았다.

"······."

딱히 그 행동에 관해서는 서로 아무 말도 하지 않았지만.

레오는 난간에 팔꿈치를 걸친 채 도시를 내다보았다.

"애슐리 바마의 '변신'은, 그런 마술사도 속일 정도였군요."

"좋은 여자였다고 했잖아."

"그 초신의 블록인지 뭔지 때문에… 우린 10년 후까지 못 만나는 모양이에요. 발레리와는."

"그렇다더라. 설령 만난다 해도 저쪽은 못 알아보겠지만."

그것을 유감스럽게 여기고 있을지 어떨지. 재프의 옆얼굴을 통해서는 알 수 없었다.

딱히 캐물을 생각은 없었지만 레오는 물었다.

"언젠가 만나면, 말할 거예요? 부녀 관계가 아니라고."

"그래야지. 숨길 일도 아니잖아."

"그러네요."

"그때, 시간이 좀 남으면 진짜 부모가 누구인지 알아봐 주는 것도 나쁘지 않을지 몰라. 너도 돕는 거다."

"네에, 뭐."

ONLY A PAPER MOON
BLOOD BLOCKADE BATTLEFRONT

"이 옷도 그때까지 갖고 있다 건네줄 수 없을까. 10년이나 지나면 유행 다 지나서 촌스러우려나."

"글쎄요. 하지만 10년 후의 세상은, 생각만큼 지금과 다르지 않을지도 몰라요."

"왜 그렇게 생각하냐?"

재프의 물음에.

레오는 자신의 생각을 그대로 말했다.

"왜냐면, 애는 여전히 애였고, 헛다리짚은 녀석은 여전히 얼간이였잖아요?"

"말이 많이 늘었다, 너?"

"세계가 뒤집어진 것 같은 기분이 들긴 해도, 변하지 않는 게 있다는 건 믿어도 될 거예요, 분명."

"헤에~ 뭐, 듣고 보니 그러네."

소리가 나도록 스케치북을 덮으며.

재프는 한껏 담배를 빨고서 하품을 했다.

"10년이라. 조금은 오래 살아 볼까."

아침 햇살을. 하루의 시작을 맞이하며 그렇게 말했다.

◆

"—뭐, 그런 소리를 했을 정도니 본인이 진짜로 죽을 만한 무모한 짓은 안 할 거예요. 재프 씨는. 으음, 그 소리를 하고서 30분 후에 요란하게 치장한 기갑 트럭한테 치였지만요."

바 카운터에서.

뒤쪽 테이블 자리에 자리한 여대생 삼인조에게 말을 걸어 그 자리에 낀 재프는 내버려 둔 채, 레오와 제트는 한 잔씩 추가 주문을 했다.

뭐, 그 여대생으로 말하자면 테이블 위쪽으로 보이는 부분은 미녀이되 하반신은 다들 사마귀형 생물이었지만 취할 대로 취한 재프는 과연 알아챘을지 어떨지.

그것까지 포함해서— 뭐, 아무래도 좋았다.

제트는 우아하게 칵테일을 입에 대며 조용히, 지극히 본질적인 말을 중얼거렸다.

"근본적으로 뭘까요, 저의 사형은."

"그건 아마 영원히 알 수 없겠지만."

레오는 어깨 너머로, 라이브라의 선배 구성원을 쳐다보며 말을 이었다.

"진짜든 가짜든 상관없다는 가사처럼. 정체가 뭐면 어때요. 재프 씨잖아요."

혈계전선 -ONLY · A · PAPER MOON- 끝

　어떻게 하면 이런 묘기가 가능한 것인지. 캐릭터의 일거수일투족, 대사, 요상한 장치, 풍경, 고유명사, 하나부터 열까지 완벽한 혈계전선. 마치 춤을 추던 중에 누군가가 옆에서 제 동작을 그대로 베껴간 듯한 기분이 들었습니다. 하지만 이야기는 점점 독특한 시야와 묘사에 지배되어 꿈틀대고 굴러가, 결국 혈계전선 사상 최장거리까지 뻗어 나갔습니다.

　뭐란 말인가 이것은…. 대관절 무엇이란 말인가…!!

　실컷 농락당한 저는, 멀리서 또다시 세계가 확장되며 일어난 땅울림을 들은 듯한 느낌에 사로잡혔습니다.

나이토 야스히로

이상, 소설 혈계전선이었습니다.

무섭기도 재미있기도 한 헬사렘즈 로트는 그야말로 나이토 선생님의 마당이구나 하는 실감이 들었습니다. 집필하는 내내 다음 골목에서 뭐가 튀어 나올지 예상이 안 되는, 신기한 기분을 맛봤습니다.

이 소설이 여러분에게도 이 이상한 도시에 관한 체험 중 한 장이 되었으면 좋겠습니다.

그럼 이만!

아키타 요시노부

혈계전선
-ONLY · A · PAPER MOON-

2017년 10월 7일 초판 발행

저자 아키타 요시노부 | **원작·일러스트** 나이토 야스히로 | **옮긴이** 정대식
발행인 황경태 | **편집 상무** 여영아
편집 팀장 김태헌 | **편집** 노혜림
제작 부장 김장호 | **제작** 김종훈 정은교
국제부 국장 손지연 | **국제부** 최재호 김형빈 민현진 천효은 박민희
마케팅 국장 최낙준 | **마케팅** 김관동 이경진 김성준 심동수 고정아 고혜민
발행처 (주)학산문화사 | 서울특별시 동작구 상도로 282 학산빌딩
편집부 02.828.8838(전화), 02.828.8890(팩스) | **영업부** 02.828.8961~5(전화), 02.828.8989(팩스)
홈페이지 www.haksanpub.co.kr | **등록** 1995년 7월 1일 | **등록번호** 제3-632호

ISBN 979-11-256-8071-0 04830
ISBN 979-11-256-8072-7 (세트)
값 6,800원